中国商业街系列丛书编委会

主　任　韩健徽
副主任　庄建东　黄　旻　陆锦绣
　　　　赵欣延　刘晓博　舒　婕

《太仓风情水街·海运堤》编委会

主　　编　陆　燕
副 主 编　陆定峰　张建中
编　　委　郑　珑　刘志刚　杨　俭　朱卫清　宋祖荫
编　　务　浦永明　苏裕新　倪洪清　姚建平

中国商业街系列丛书

《中国商业街》系列丛书编委会编著
丛书编委会主任　韩健徽
本书编委会主编　陆　燕

上海文艺出版社

太仓

风·情·水·街

海运堤

图书在版编目（CIP）数据

太仓风情水街·海运堤/《中国商业街》系列丛书编委会编著.
-上海：上海文艺出版社.2013.4
ISBN 978-7-5321-4847-9

Ⅰ.①太… Ⅱ.①中… Ⅲ.①纪实文学-作品集-中国-当代
Ⅳ.①I25

中国版本图书馆CIP数据核字（2013）第048722号

出版统筹：苏州三立堂文化传播有限公司
责任编辑：徐如麒
装帧设计：王　嬿

太仓风情水街·海运堤
《中国商业街》系列丛书编委会 编著
上海文艺出版社出版、发行
地址：上海绍兴路74号
新华书店经销　苏州市深广印刷有限公司印刷
开本700×1000　1/16　印张10　插页2 字数图、文160面
2013年4月第1版　2013年4月第1次印刷
ISBN 978-7-5321-4847-9/I·3792　定价：100.00元

告读者　如发现本书有质量问题请与印刷厂质量科联系
T：0512-67239225

前　言

　　中国的商业街古老而又年轻。从大唐东西市的鼎盛，到清明上河图的繁荣；从百年老街的修旧如旧，到新街开发的如火如荼。近年来，我国商业街进入了一个前所未有的快速发展时期，商业街在城市中的商业和形象地位日益突出，在扩大消费、拉动投资方面的作用愈发显著，"商街经济"正在强力助推着城市经济的发展。

　　从某种意义上讲，我国商业的发展已经从传统的商店与商店之间的竞争，发展到商街与商街之间的竞争。现代商业街已经从单纯的以购物为主，发展成为一个城市弘扬商业文明、构建和谐社会的重要载体；成为展示经济发展、彰显社会文明的标志区域；成为浓缩历史文化、体现地域特征的集中亮点；成为反映城市风貌、凸显城市精神的综合象征。

　　以品牌商业街为核心和纽带，往往会带动整个区域成为一个城市的商业中心、商务中心、商贸中心、形象中心、展示中心、服务中心和社会活动中心，成为一个城市的重要窗口和名片。

　　自2005年3月始，中国商街委开展了商业街分类指导和先进表彰工作，按照《全国商业街分类指导工作办法》，全国先后涌现出一批具有示范引领作用的"中国著名商业街"和"中国特色商业街"，"商业街开发示范项目"和"商业街开发创新项目"，涌现出一批全国商业街战线上的"先进个人"和"先进集体"。

　　近年来，国家高度重视商业街工作。2008年12月，国务院《关于搞活流通扩大消费的意见》中首次提出要"推动特色商业街建设"；2012年8月，国务院《关于深化流通体制改革加快流通产业发展的意见》中，明确提出了"有序推进贸易中心城市和商业街建设，支持特色商业适度集聚。"2012年9月，国务院《国内贸易发展"十二五"规划》中，提出要"支持具有地方特色的商业街提档升级、规范发展。"

　　2009年4月，商务部首次发布《关于加快我国商业街建设与发展的指导意见》，颁布了由商街委起草制定的全国首部《商业街管理技术规范》国内贸易行业标准；2012年9月，在第十届中国商业街行业年会上，"中国商街经济研究中心"和"全国商业街区信息网"正式挂牌成立。

一系列宏观政策和标准的出台，将成为我国商业街发展的宏观政策指南，标志着我国商业街将从自发自觉发展，走向规范科学发展，标志着我国商业街将会进入一个全新的快速发展时期。

我国商业街的发展正在呈现集购物街、餐饮街、休闲街、娱乐街、体验街于一体的"五街合一"趋势；正在呈现集地上、地下、空中于一体的"立体化"趋势；正在呈现集名街、名店、名品于一体的"品牌化"趋势；正在呈现集商业、旅游、文化于一体的"商旅文合一"趋势。

多年来的全国商业街行业工作实践使我深深感受到，用刀斧雕凿出来的街道，只是一条平常的道路；用砖瓦堆砌出来的建筑，只是一座普通的房屋。只有融入了历史底蕴、文化内涵、浓浓商魂和规范管理，才是一条真正意义上的商业街。

作为一名中国商业街事业的真情守望者，自 2004 年始，我先后提出了大力发展"商街经济"和"特色经济"，实施名街、名店、名品的"三名战略"，努力打造历史有根、文化有脉、商业有魂、经营有道、品牌有名的"五有商街"，实现"商旅文融合"发展等思考。今天，我非常高兴的看到，"商街经济"、"特色经济"、"三名战略"、"五有商街"和"商旅文融合"发展的理念，正在成为全国商业街行业的共识和努力实践的方向。

目前，我国商业街正处在一个快速发展和问题凸现并存的时期。我提出这样的口号，叫做"街不分大小，街不分南北，天下商街是一家"，全国商业街亟待进一步加强相互间的交流与合作。

我国第一部《中国商业街系列丛书》历经八载厚积，终于在2011年薄发问世。《丛书》通过集成和而不同的他山之石，搭建起了一座全国商业街之间交流合作的共享平台。

《中国商业街系列丛书》具有唯一性、权威性、广泛性和示范性。

她定格记载下了这一条或那一条商业街的发展与历程，她凝聚着各位编写者的实践心得与辛勤汗水，她期待着社会各界的批评与指正，她将日臻完善更上一层楼，她将努力实现从"问世"到"传世"的跨越。

《中国商业街系列丛书》编委会主任　韩健徽
二〇一三年一月　于北京

序

　　太仓，是长江经济带和沿海开发带交汇点上一座新兴的港口城市，也是长三角最发达的县市之一。海运堤风情水街就坐落于太仓市科教新城的新浏河风光带南岸，拥有江海河交汇的独特区位优势。

　　近年来，因滨临江河湖海而打造的水岸商街正在成为我国特色商业街发展的一个新亮点，"水岸经济"正在强力助推着城市经济的发展。

　　作为"苏州市特色商业街"，太仓海运堤的鲜明特色在于，迷人的滨水风光、独特的三鲜美食、江南的建筑风格、优美的绿化环境，把商业发展与宜居生活有机结合在一起，把现代时尚与历史传统有机结合在一起，把地域文化与城市文明有机结合在一起，从而成为全国县域经济打造特色商业街的成功范例，成为在全国享有较高知名度和美誉度的"中国特色商业街"。

韩健徽

二〇一三年四月十二日　于北京

餐饮休闲旗舰，从海运堤启航……

（代序）

太仓市市长 王剑锋

太仓，是长江三角洲的一颗璀璨明珠，是一座拥有4500多年历史、文化底蕴深厚的江南历史文化名城。因春秋时期吴王在此设立粮仓而得名，是郑和七下西洋的起锚地、江南丝竹的发源地和娄东文化的发祥地，素有"锦绣江南金太仓"之美誉。经济综合实力连续多年位居全国百强县（市）前十位，成为江苏省首批6个全面实现高水平小康的县（市）之一。

太仓港，是国家一类口岸、上海国际航运中心北翼重要组成部分、江苏外贸第一港，正呈现出"千帆竞发、百舸争流"的新气象。太仓因港口而繁荣，太仓因郑和而闻名。正如当年海运繁盛有后方腹地那般，距浏河出海口10余公里处的太仓"海运仓"遗址旁，如今悄然崛起一座时尚商业新地标——风情水街·海运堤。

海运堤，坐落于投资开发热土的太仓科教新城，穿越太仓市区航道的新浏河南岸。海运堤的开发建设，是海运仓遗址保护规划的重要组成部分，旨在充分挖掘海运仓深厚历史文化底蕴、重塑古代海运仓繁华景象和风貌。

经过前期规划建设，海运堤一期工程于2009年5月开街。它用现代手法演绎传统园林和建筑文化，尽显自然、时尚、潮流。这个集高档餐饮、时尚休闲为主的商业步行街，吸引了各类餐饮、娱乐、休闲等品牌企业入驻，以餐饮、娱乐、休闲带动旅游和消费，全新的商旅业态为广大市民和游客带来全新的生活体验。

站在风景如画的太仓海运堤上，可以感受太仓城市的精致和谐、江南水乡的古韵悠然、吴越文化的兼容并蓄。这个餐饮休闲为特色的街区，集太仓"江海河三鲜"、"羊肉美食"之精华，纳沪粤川湘

◆ 陆留生、王剑锋等在美食节上参观美食展

菜系、德法意西餐及酒吧、咖啡、茶道之精髓，致力打造汇聚中高级餐饮、休闲和娱乐的特色美食文化街。餐饮休闲旗舰，从海运堤启航……2012年12月，海运堤成功晋升"中国特色商业街"，可喜可贺。

如今海运堤二期工程正加快建设，三期工程也启动规划设计。届时其商旅业态更完善，文化品牌更丰富，消费空间更迷人，让市民及游客在亲水环境中尽情地参与、体验和把玩，这里也将成为太仓绿意最浓、亲水最优、景色最美、地段最佳的商业休闲地块，极大提升太仓现代田园城市的品牌价值。

海运堤之"新"，其承载了深厚底蕴的娄东地域文化；海运堤之"亲"，其相拥通江达海的太仓母亲河；海运堤之"重"，其肩负弘扬光大与传播商旅文化的责任。让我们再次从海运堤出发，去品味舌尖上的太仓，感受视觉里的娄东，去走进并发现"美丽金太仓、现代田园城"的独特魅力。

二〇一三年三月

目　录

5 前言

7 序

8 代序：餐饮休闲旗舰，从海运堤启航……

眺望海运堤

14 锦绣江南金太仓

28 商旅文化领风骚

36 风情万种海运堤

解读海运堤

46 城南崛起商业街

52 科学管理铸品牌

58 "城投"扮靓海运堤

品味海运堤

66 娄东美食竞风流

72 特色餐饮诱人醉

78 借问酒家何处有

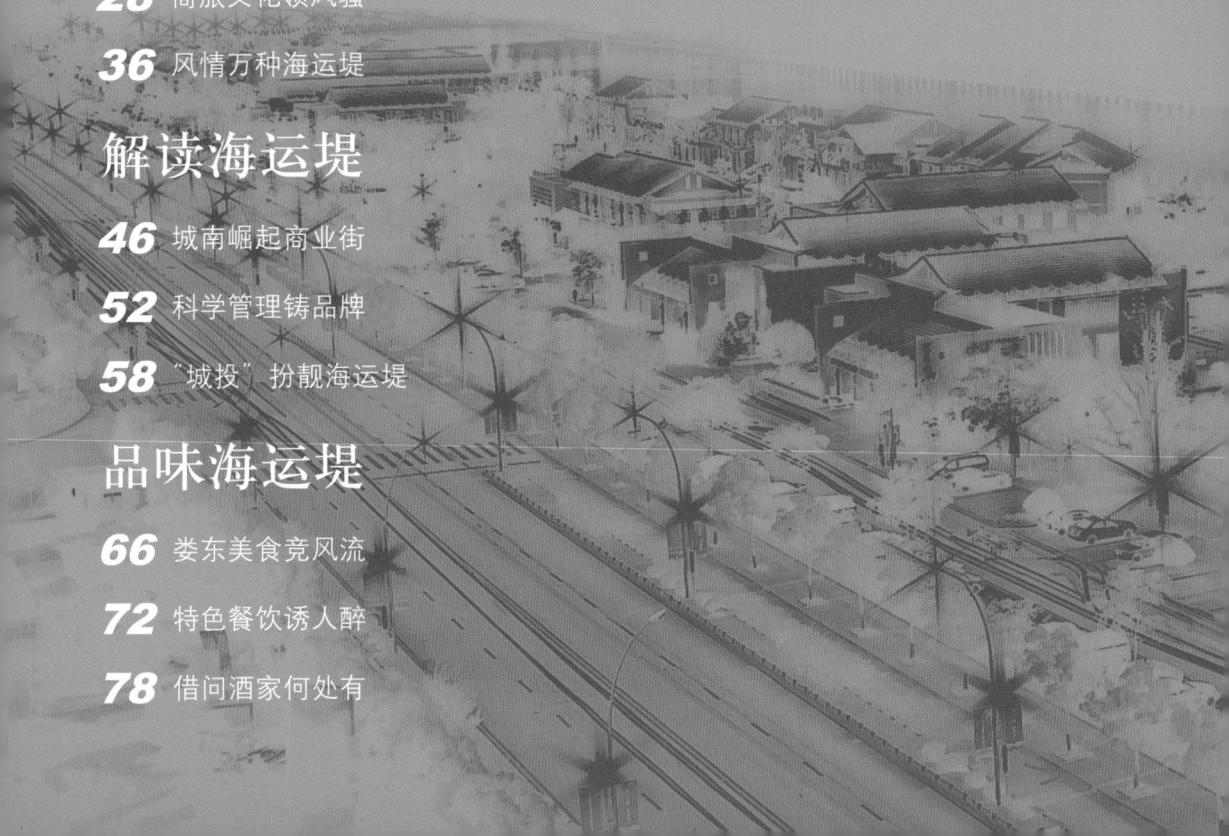

情调海运堤

140 走读海运堤

144 太仓——中国江南一颗冉冉升起的明珠

146 家在海运堤

147 一座城 一条街

148 我在这里品过味

149 恋上海运堤

150 海运堤小调

152 舌尖上的海运堤

154 在这里，视觉与味蕾共舞

155 有缘海运堤

156 逝者如斯夫，依旧海运堤

157 宁静港湾——海运堤

159 跋

160 后记

眺望 海运堤

锦绣江南金太仓

　　一幅充满美丽诗意的田园画卷正徐徐地铺陈开来：城乡一体、产城融合、田在城中、城在园中……这就是自古以来被誉为"锦绣江南"的金太仓。如今惬意的工作和生活在这片沃土上的太仓人，用打造现代田园城市的理念来概括率先基本实现现代化的发展目标，努力探索一条具有太仓特色的城市发展之路。

　　太仓"现代田园城市"提法，是党的十八大提出"五位一体"总布局的自觉践行，旨在推进生态文明建设，添彩美丽中国。其发展目标与十八大的精神完全谋合。太仓农耕文化深厚，至今仍存有大量的基本农田，土地的开发强度预留了较为广阔的空间。近年来在推进工业化、城市化、国际化进程中，太仓的产业发展、产业布局、城市框架等保持着较好的发展形态。因此太仓的田园城市是"现代"的，不是简单的回归田园，而是螺旋式的上升，使太仓自我扬弃的城市特色更鲜明，可持续发展能力，及其综合竞争力更强。

岁月沧桑的娄东　今日崛起的太仓

　　在中国行政区域版图上太仓呈现沿江沿沪之区位优势。太仓具有长江天然港口，也是距离上海最近的城市，太仓市区新浏河与上海嘉定相连。东面长江与上海崇明相望，东南与上海宝山、嘉定毗邻，西南接昆山、西北连常熟，陆域面积约666平方公里。2012年全市户籍人口47.2万，在册流动人口45.8万。地域面积不大，人口集聚不多，精致的城市，富裕的地区，勤劳智慧的太仓人民辛勤劳动，为经济社会发展、百姓财富增长和生活水平提升，写下神话奇迹。

　　截止2012年，太仓共有6个乡镇、1个街道办事处（与镇平级），即城厢镇（市区）、娄东街道办事处（陆渡）、沙溪镇、浏河镇、浮桥镇、璜泾镇、双凤镇，还有太仓港经济技术开发区-港

◆ 长江太仓段江面上千船竞发

区、太仓港经济技术开发区-新区、科教新城。其中太仓市区含城厢镇、科教新城、娄东街道办事处所辖区域。市区面积188平方公里，仅建成区面积达50平方公里以上，中心城区在城厢镇，市区常住人口已达35万。市政府驻城厢镇县府东街99号。

历史上太仓就有"金太仓"的说法，出自清代诸家轩著《坚瓠集》载有"吴评"一则，据考系指官缺的肥瘠，意指在太仓做官收入最厚，为金银低一等，铜铁再低一等。

太仓古代为滨海村落，人烟稀少，户不满百。春秋时属吴地，秦属会稽郡，汉为吴郡娄县惠安乡。三国吴于此建仓屯粮，渐次发展。元代于刘家港开创漕粮海运后，遂日益繁盛，成为万家之邑。元末筑太仓城。吴元年建太仓卫，明初置镇海卫，屯兵驻防。明弘治十年（公元1497年），割昆山、常熟、嘉定三县地建太仓州，清雍二年（公元1724年）升为江苏直隶州，并析地置镇洋县。民国元年（公元1912年），太仓州和镇洋县合并，定名太仓县。新中国成立后，始属苏南行政公署，后隶属江苏省苏州地区专员公署。1983年，改隶苏州市。1993年3月28日，撤县建太仓市。

　　太仓因处娄江之东，古亦称娄东。自古人文荟萃，教泽绵长，形成了独具风格的娄东文化，是郑和七下西洋的起锚地，江南丝竹的发源地，娄东文化的发祥地，又是神话传说牛郎织女的降生地。

　　自古以来太仓文化艺术大家灿若群星，有明清文豪王世贞、吴伟业，复社领袖张溥，明四家之一仇英，娄东画派王时敏、王鉴、王原祁，著名教育家暨交通大学创始人唐文治，当代画家朱屺瞻、宋文治和中国新舞蹈艺术奠基人吴晓邦等。在科学领域，走出了被誉为"中国居里夫人"的吴健雄，诺贝尔物理学奖获得者朱棣文以及11位两院院士。

　　太仓属长江三角洲冲积平原，亚热带季风气候。全境地势平坦，自东北向西南略呈倾斜，太仓河道纵横，土地肥沃，昔日农业占主导地位。近年来，工业发展迅速，城乡一体化步伐加快。太仓市区有最大的人工湖-金仓湖，占地5.8平方公里，水面面积1000亩，投资超8个亿的金仓湖公园，是太仓最大的城市"绿肺"，国家4A级风景区，绿化率达80%以上。

　　太仓港地处长江入海口南岸，太仓市域东部，口岸位于长江白

◆ 中国龙狮之乡

茆沙南水道，上至白茆口，下至浏河，中心位置在七丫口。口岸线长38.8公里，其中深水航线25公里，距吴淞口仅13海里，是距长江入海口最近的港口，港区范围内岸线基本平直且边滩稳定，终年不淤不冻，深水区开阔、稳定，能满足5万吨船舶回转水域的要求，是长江下游地区最佳港址之一。2011年1月，国家交通运输部在太仓宣布，长江-12.5米深水航道向上首延至太仓港。太仓港成为全国第一个获批享受海港待遇的内河港。

2011年10月，太仓港经济技术开发区晋升为国家级经济技术开发区，拥有太仓港经济技术开发区-港区，太仓港经济技术开发区-新区，实行现行国家级经济技术开发区政策。

截止2012年，太仓户籍人口出生率7.72‰，死亡率7.98‰，自然增长率为-0.26‰。按常住人口计算，城市化率达63.67%。从人员结构来看，在外来人口中青壮年约占90%，男性比女性略多。太仓为汉族聚居地区，少量少数民族散居，全市有32个少数民族，其中以回族和满族居多。

2012年，太仓实现地区工业总产值（GDP）2436.1亿元，比上年增长5.0%，新兴产业达189家，实现产值843.3亿元，占规模以上比重46%，提高5.8%。规模以上工业企业实现产值1833.6亿元，增长5.8%。财政收入大幅增加。2012年全年完成全口径财政收入230亿元，比上年增长1.6%，其中公共财政预算收入90.2亿元，增长5.6%。

太仓交通四通八达，过境干线公路204国道、339、338省道，沿江高速和苏昆太高速在境内互通，离沪宁高速苏州出口仅20余公里。太仓港疏港高速公路、杨林塘航道整治工程正在抓紧建设之中。太仓港开通台湾直达货物航线。全国县级最大的公共汽车客运站——太仓汽车客运站，发往全国各地客货专线近千条。太仓距上海虹桥交通枢纽中心35公里，30分钟可达上海虹桥机场，70分钟可

◆太仓港成为全国第一个获批享受海港待遇的内河港

达上海浦东国际机场。上海轨交11号线、7号线分别与太仓市区、浏河快线连接。太仓公交卡还可在长三角范围内的上海、无锡、苏州、昆山、常熟，以及安徽阜阳、淮南等地使用。

太仓建设"现代田园城市"的整体发展规划，是以打造"一市双城三片区"（即主城区为核心，港城为副中心，沙溪、浏河、璜泾三个中心镇）的空间布局为框架，连片现代化农业和生态农田为绿心，片区间快速交通为连廊，各种功能设施衔接配套，形成有机疏散、层次分明的城乡空间布局和人性化、生活化的城市空间结构。

◆从这里到上海，只要30分钟路程

现代田园城市的基本要素之一在于合理控制人口规模。现代城市的功能需要交通相联，实现功能互补，不是割裂的"小而全"，也不是外延的"摊大饼"，而是把基本农田镶嵌在城与城中间，得到生态隔离，永久保护。太仓相关方面盘活已开发的土地资源，推进产业转型升级，提高经济总量，并将江南水乡文化、农耕文化、娄东文化传承下来，以延续文脉。

前世今生的"粮仓" 横空出世的"新城"

太仓的城南，是以新浏河（即娄江太仓段以下习惯称谓）为划界的。娄水奔流，一路澎湃。娄江是通江的泄洪水道，也是货物往来的运输航道。它出自太湖，经苏州娄门而东，一路逶迤百余里，由浏河口（即刘家港）入长江。其间穿越太仓市区。新浏河以南原本称南郊镇，后合并划属城厢镇。城南一带，蓄势待发；人文遗址，星罗棋布。这里是太仓待开发的处女地。这里曾充满着种种激情与遐想。

太仓是皇帝的粮仓。太仓的得名有"春秋说"、"战国说"、"西汉说"、"三国说"、"五代说"等，大都与南郊一带相关。其最有力佐证的是2008年新发现的海运仓遗址，为太仓"天下粮

◆ 海运堤旁高楼崛起

仓"的美誉增添了实例。该遗址是元代至明代早期的古代国家仓储遗址，占地面积约20万平方米，其规模是目前已知全国最大的元明时期粮仓，对研究元明时期囤粮、赋税制度以及太仓地方历史文化具有重要的科学价值，也为彰显太仓人文底蕴，提升城市知名度具有现实意义。

太仓南郊还是传说牛郎织女的降生地。据南宋龚明之《中吴纪闻》记载，早在1000多年前的北宋时期，牛郎织女降生黄姑的神话就已流传太仓南郊一带，唐宋时建专祠祭祀，至今太仓尚有牛郎织女的众多传说故事和相沿袭的"七夕节"风俗，并保留有中国唯一一座织女庙遗存。2008年，太仓被省民间文艺家协会授予"七夕文化传承基地"称号，牛郎织女的传说，已成为太仓四张城市文化名片之一。

海运发达的太仓，境内运河交织，古桥林立。南郊新丰还存有元代石拱桥之金鸡桥、井亭桥，与太仓城区"三桥"一起被列入国家文物保护单位。太仓南码头是"百戏之祖"昆曲水磨腔的创始地方。明嘉隆时期，寓居太仓的魏良辅十年改革而成腔，风靡长江下

◆太仓南园，苏州园林的缩影

游600个春秋，被堪誉"昆曲的娘家"。婉转动听的江南丝竹都源自南郊一带。这里还有建于宋绍兴二年，距今800多年历史的南广寺等。

2010年1月，经苏州市委、市政府批准成立太仓科教新城。它位于太仓、上海、昆山三城交汇的中心地带。北依新浏河与太仓中心市区相望，西至204国道，东、南方向与上海接壤。总面积12平方公里，规划人口约10万，是连接上海与江苏的首要门户。太仓科教新城的成立，揭开了太仓城南新一轮开发建设帷幕。

在此之前，作为太仓城南开发建设的主体之一的太仓市城市建设投资集团有限公司，承担了市区城南成片的前期开发建设重任。历经4年多的规划建设，风情水街·海运堤一期工程初具规模，为以后城南连片的高起点、大手笔开发建设打下了良好基础。新组建的科教新城党工委、管委会注重发挥太仓"精、巧、雅、静"和江南水乡的城市风格，着力营造"最佳人居城市"环境，通过几年的努力，一个"百步见景、千步见园、满城皆绿"的宜居城市正在形成。东仓幼儿园、实验小学科教新城分校、南郊中学、江苏省太仓高级中学、健雄职业技术学院初具完整的教育体系，海运堤、邻里中心、便民服务中心构成完整的生活配套设施。

科教新城坚持规划优先，在编修完善总体控规的基础上，及时跟进综合交通、绿化景观、河道水系、环保节能等专项设计，形成了较为完整的城市规划体系。目前已拉开了"一心四轴"的城市总体框架，也就是以天镜湖为中心，两纵两横的绿化景观和水轴为框架，产业、居住、休闲、商务、教育功能有序分布，形成了环天镜湖文化商务区、科教与文化创意产业区、城市时尚休闲带——"一环、一片、一带"的城市功能布局。其重点发展总部楼宇、软件与服务外包、文化创意、科技研发、移动增值服务、金融后台、教育培训等生产性服务业，同时做好旅游、体育、餐饮、娱乐等消费性服务业。

如今，生机勃发、绚烂多彩的太仓科教新城，将集聚全市优势资源，借力顶层设计，打造产业和城市融合发展的现代田园城市先行区。突出新兴产业，打造智慧新城；突出开放创新，打造活力新城；突出价值引领，打造文化新城；突出生态文明，打造美丽新城；突出以人为本，打造幸福新城。

海德格尔说过：让我们诗意地栖居。100年前欧洲提出的"田园城市"理念成为人类发展的经典。2012年伦敦奥运会开幕式精彩篇章《绿色和愉悦》、《黑暗魔鬼的磨坊》、《迈向未来》的演绎，昭示回归生态已经成为整个人类文明发展的一个共同主题。太仓提出建设"现代田园城市"的目标正逢其时，远见卓识。

亲爱的读者朋友，美食游客朋友，当你走进锦绣江南金太仓，也就走进由农田、森林、绿地、河道组成诗意的"梦里水乡"。让住在城里的人，惬意地进入田园，获得安全的农副产品，并轻松享受田园气息。来吧，带着美好的期冀走进太仓，你定会不虚此行，你定会收获满满。

◆古镇沙溪

◆水乡夕照

商旅文化领风骚

◆海运堤夜色

　　"数风流人物，还看今朝。"风情水街·海运堤的成功运作，定会写下太仓商旅文化抱团合作续写辉煌的新传奇。

　　商业要有"卖点"，旅游要有"热点"，文化要有"亮点"，将商旅文化有机结合，可以深度挖掘海运堤丰富的人文资源，进一步提升海运堤餐饮休闲的品位。风情水街·海运堤项目分三期建设，总占地面积约420亩，目前已形成汇聚中高级餐饮的特色美食文化街，海运堤将成就太仓城市文化休闲的新名片。

　　漫步海运堤旁，不仅是现代城市的美食领地，休闲福地，也是市民追寻的幸福家园，期盼的诗意生活。可以预期，海运堤商业街凭借悠久的历史文化，独具的经营特色以及优美的亲水环境，一定会集纳更多、更旺的人气，吸引外地游客前来观光、品茗和休闲，创造更多、更新的商机，成为太仓新的商业地标。

　　海运堤的风情浪漫，在于其独特的地域位置和深厚的人文底

◆ 城市中心万达广场

◆ 太仓人民路商业街

◆ 《民间传说——牛郎织女》邮票首发式

蕴。美丽的故事不仅在民间流传，也在古书上记载。这里注定是一块难能可贵的"风水宝地"。神话传说"牛郎织女的降生地"，打开太仓文化名片，追寻纯朴爱情的展痕。

农历七月初七，也称"七夕"，是牛郎织女一年一度鹊桥相会的日子。据《中吴纪闻》记载，早在一千多年前的北宋时期，牛郎织女就已降生太仓城南黄姑塘一带（今科教新城境内），至今太仓还流传着牛郎织女的众多传说故事，以及相沿袭的"七夕节"风俗，并保留有中国唯一一座织女庙遗存。

作为"七夕文化传承基地"的科教新城，每年都会举办"我们的节日——七夕节"。通过举办七夕文化系列活动，打响科教新城七夕文化品牌，既是传承非物质文化遗产，弘扬中华民族优秀传统文化，更是坚持文化大繁荣大发展，打造文化特色城市的有效载体。

2010年8月16日，科教新城举办首届"七夕文化节"活动，推出庆祝七夕文化活动日暨《民间传说——牛郎织女》邮票首发式。该套特种邮票共4枚，表现了传说中牛郎织女"盗衣结缘"、"男耕女织"、"担子追妻"、"鹊桥相会"等情节，由李昕设计，中国邮政集团发行。

2011年8月10日，科教新城举行第二届"七夕文化节"系列活动，主题：爱在中国、七夕太仓。包括太仓市第五届相亲大会、《让爱作主》七夕专场、"唱出你的爱"——情歌大赛等。开幕式晚会上有太仓金秋艺术团及萧山、嵊州、嘉善等长三角多家广播电视台专业人士，表演情歌对唱、越剧、黄梅戏等节目。500多名青年男女相聚海运堤，在温馨浪漫的氛围中演绎了一场现代版"鹊桥会"。

2012年8月23日，主题为"浪漫七夕、情定新城"的科教新城第三届七夕文化节活动如约而至，此次活动将举办"科教新城杯"七夕文化微小说比赛，弘扬七夕文化内涵，提升宜居城市形象；"浙建·太和丽都杯"科教新城摄影大赛，旨在记录和展示科教新城风貌；"上海

◆ 雾中科教新城一角

公馆杯"情歌对唱大赛。举办"科教新城杯"DV大赛，拍摄爱情主题的DV，放映《将爱情进行到底》、《云水谣》两部爱情电影。

其实，风情水街·海运堤的来历，在于这里曾是海运仓遗址，海运仓位于科教新城境内（南郊），新浏河塘南，总面积约20万平方米。明张采纂崇祯《太仓州志》，崇祯十五年钱肃乐定刻本："太仓，在城南娄江北岸，亦名海运仓。洪武二十六年，即元旧创，廒九十一，为间者九百一十九，贮浙江、南直隶各处粮至数百万仓，俗又呼百万仓。永乐十二年，会通河成，罢海运，仓废。弘治十年，仓基改教场。"

2008年第三次全国文物普查中列入重点调查对象，有关部门邀请苏州市考古队组成联合调查组对遗址进行调查，确定此处是太仓元代至明代早期的海运仓所在地，也是目前已知全国最大的元代至明代早期的古代国家仓储遗址。同年，该遗址被列入国家文物重要新发现，并申报全国重点文物保护单位。

作为餐饮美食起步的商业街，打出了太仓餐饮文化之特色。扬娄东餐饮之优势，汇天下佳肴之精华，开启太仓现代餐饮之新征程。地处长江与东海交汇处的太仓，水系发达，河网密布，也是海洋捕捞生产的补给基地，造就了独特的"江、海、河"三鲜美食佳肴。2008年，太仓被中国烹饪协会授予"中国江海河三鲜美食之乡"。

太仓海鲜以带鱼、鲳鱼、黄鱼、海鳗等产品为特色，品种繁多，门类齐全，长江鱼鲜"三宝"——鲥鱼、刀鱼、河豚等闻名遐尔，已成为人们耳熟能详的太仓代名词，甲鱼、鳝鱼、鲫鱼、螃蟹、河虾等常见水产品应有尽有。

由江苏省烹饪协会、太仓市政府（或太仓相关部门）主办的中国太仓江海河三鲜美食节，每年三四五月间在太仓举办，为期二三个月，旨在传承娄东文化，品味美食文化，这是太仓打出美食休闲文化的一张亮丽名片。2009年首届活动以来，连续举办了多届，

◆ 民间舞狮表演

◆ 海运仓遗址

◆ 新城晨曦

江海河三鲜美食节活动成为太仓市民和众多海内外食客和游客的盛大节日。2012年3月至5月,一年一度的传统美食节拉开帷幕,12场丰富多彩的系列活动,"你唱罢来我登场",还编撰了《太仓菜谱》,美食节期间,众多餐饮企业营业额增幅25%以上。

入驻海运堤的莆鑫海鲜城、稳得福会所、新小地方酒楼多家餐饮企业,发起和参与中国·太仓江海河三鲜美食节活动,通过"名店、名宴、名菜"等展示评比等系列活动,有效提升餐饮企业的商业价值和文化品牌。

海运堤南侧,全新打造的天镜湖公园充分展示太仓生态的魅力。天镜湖的来历,也让太仓当下文人怦然心动。天镜,明月之喻。堪誉"东南第一名园"的"弇山园",为明代太仓籍著名文学家王世贞私家园林,其中有一潭最大的湖面,名曰"天镜"。王世贞亦留下"冰壶初世外,天镜忽林端"的诗句。唐代诗仙李白也有"月下飞天镜,云生结海楼"之句。

坐落科教新城"一心四轴"景观结构体系核心的天镜湖公园,占地52万平方米,其中湖面30万平方米,驳岸线长3500米,整个工程总投资2.5亿元。沿湖散布市民广场、城市休闲区、五味认知园、儿童活动区、规划展示馆、康体休闲区等8大景区,该公园是市民共享的城市公共空间,集生态旅游、休闲娱乐、康体运动及亲子游戏于一体,她的建成为世人呈现出一幅现代田园城市的美丽"客厅"。太仓规划展示馆为太仓首座雕塑型建筑,总建筑面积1.8万平方米。鱼式围护、玻璃顶中庭结构是该建筑的亮点和特色。该馆将成为展示太仓城市形象的窗口。

民间故事的传说,考古遗址的发掘,交织着现实与浪漫的瑰丽色彩,构成了现代商旅文化必不可少的人文元素,将"江海河三鲜美食"和"双凤羊肉美食"文化品牌,以及休闲娱乐、康体运动等现代理念有机植入,构建海运堤国家级特色商业街品牌的影响力,进一步推动太仓商圈的扩容和商贸的发展。

风情万种海运堤

　　江南金太仓，现代田园城。太仓现代城市理念的新定位。江海交汇，海头江尾。独特区域位置的太仓，许多重要的文物发现与海洋密切相关，太仓的重要地标性建筑也蕴涵丰富的海洋情结。

　　太仓，有个地方值得你去把玩——风情水街·海运堤，太仓致力打造的城市新名片。都说太仓枕江临海，海运走势的便捷，天下商贾的云集，造就了当年郑和下西洋的航程。与海洋航海相关的遗迹遗址，太仓地下发掘和地上发现都有考证。因此太仓与海洋文化结下了不解的情缘。如今，你倘若信步太仓街头，海洋文化之气息扑面而来。

　　圆仓型的太仓博物馆，就其表象的建筑格调与色彩，你能领悟出太仓的悠哉岁月与厚重人文，她试图向世人再现"天下粮仓"、"天下良港"之壮举。太仓市区有贯穿东西的主干道——郑和路，直抵当年旌旗猎猎云帆高张的出海口。更令人称道的是，太仓城南还有海运堤，沿着当年的古航道，耳畔能依稀闻到江水拍岸的涛声。

　　这就是江风海韵的太仓。太仓因郑和而名声鹊起，郑和是太仓的一份无上荣耀。"长风破浪会有时，直挂云帆济沧海。"解缆起锚，满帆高张，圆了多少代人的海洋梦。可以说，补给富裕的后方，经济发达的腹地，太仓与整个航运航海密不可分。城南海运仓遗址的重大发现，便是有力的佐证。这个当年最大的屯粮仓址，可谓满足出海远洋的物质所需。

　　今天在当年海运仓遗址之处，一条独具风情的特色商业街——海运堤，宛如一颗璀璨的明珠镶嵌于此，与天镜湖公园遥相呼应，成为科教新城的地标性建筑。这条集餐饮、休闲、娱乐于一体的商业街，已成为太仓现代城市的步行街，休闲会所和文化消费的新地标。其实，海运堤商业街的开发建设，包括一期的特色餐饮、二期休闲文化以及三期生态开发建设，也正是对海运仓遗址的保护、开发和利用的一部分。力求运用现代手法演绎传统园林文化，采用现代中式建筑风格提升城市文化品位，实现城市商业价值，让海运堤

◆ 麦当劳将入驻海运堤

彰显江南幽雅风格，散发时尚浪漫风情。

　　风光万千，风情万种。海运堤，因古代海运仓遗址而得名。在当年开发建设"风情水街"项目的征稿中，市民热心提议，名称花团锦簇。然而海运堤的名字脱颖而出，使与地名的命名规则相一致。它的被采纳定名，顺理成章。

　　太仓海运仓遗址坐落科教新城，新浏河南，总面积约20万平方米。上世纪八十年代初，太仓曾在南郊发现一大片形似仓基的高地，并发掘出众多元明时期的瓷片。第三次全国文物普查期间，太仓博物馆有位老馆长向有关部门提供海运仓线索，文化部门将此线索列入调查，并邀请苏州考古队联合勘查，对照口碑资料、文献资料相吻合，基本确定太仓元代至明代早期的海运仓所在地。

　　海运仓遗址发现有着重要的考古价值，于是文化部门迅即禀报，直至国家文物局，海运仓遗址才得以抢救性保存。同年太仓海运仓遗址被列入《2008年第三次国家文物重要新发现》，成为江苏省三大重要新发现之一。这是目前已知全国最大的元代至明代早期的古代国家仓储遗址。该遗址已与太仓天妃宫一起申报国家级文物保护单位。

　　秉承悠久的历史文化底蕴，重塑古代海运仓繁华的景象与风貌，太仓将展示"天下第一粮仓"的迷人风采和独特魅力。海运堤一期工程位

于新浏河南岸滨江公园东仓路与太平路之间，总占地10.5万平方米，建筑面积2.3万平方米，是集高档餐饮、时尚休闲为主的商业步行街。海运堤一期凸显传统园林和建筑文化，从回归自然的理念出发，采用现代元素与园林、建筑相结合，延续太仓园林水墨画的建筑特色。7万平方米的绿化营造出四季皆宜的环境。海运堤人文与建筑、园林与休闲、时尚与静谧的融合，恰是太仓高品质的时尚风向标。

2009年5月，海运堤一期顺利开街。首批16家知名餐饮企业进驻，其突出特色餐饮文化主题，坚持高品质、高层次的经营理念，传承和弘扬太仓源远流长的餐饮文化。迄今为止，16家入驻海运堤商家经营情况良好，有11家主题餐饮，2家西餐茶楼，2家KTV和1家酒吧。在主题餐饮中，有引进苏州本帮菜的"松鹤楼"，东南亚餐厅的"源泰"，特色火锅"豆捞坊"等品牌特色餐饮企业。值得一提的是莆鑫海鲜城、稳得福大酒店以及苏州"松鹤楼"三家"中华餐饮名店"的入驻，提升了海运堤餐饮的品牌魅力。

作为中国江海河三鲜美食之乡，海运堤餐饮街上弥漫着海鲜的味道。用"江海河"三鲜做的烹饪主材，既继承传统，又创新开拓，各餐饮商家开发的"三鲜"菜品、佳肴和宴席，纷纷受到海内外美食家的赞誉，广大食客朋友的青睐。还有作为福地文化精髓之

浙瑶建产

一的"羊肉美食",已走出水乡双凤走向广阔的空间,今年在海运堤也有了品尝的好去处。

假如以海运堤为原点出发,太仓的美食休闲地图由此辐射。河对岸之遥的新东海高尔夫乡村俱乐部可以体验挥杆的乐趣,滨江公园感受天然氧吧的"深呼吸",南侧百米的天镜湖公园去遥想牛郎织女的鹊桥相会,城市规划展示馆尽情描绘城市发展的未来蓝图,还可去人民路综合商业街、五洋广场、万达广场、乃至双凤福地、沙溪古镇、浏河渔港等地做客,品名点,尝美食;观江海,听涛声,尽情享受情景交融的那份惬意。

根据规划,海运堤项目分三期建设。在一期成功投运的基础上,二期工程于2012年8月正式启动。海运堤二期整体呈简欧建筑风格,总占地面积7.8万平方米,规划建筑面积5.4万平方米,层高二至三层,多栋建筑错落分布。总体布局以海运仓广场为中心,纵向呈绿化景观带,并建设大面积地下智能停车系统,人流动线清晰,交通和停车便捷。项目将引进持续的特色文化活动,致力于打造精致、娴静、优质的特色文化休闲街区。该项目将于2013年下半年建成开业。与此同时,海运堤三期工程规划也在紧锣密鼓地进行之中。

坐拥太仓母亲河——新浏河的海运堤,临河而建,依水而兴。每当入夜时分,海运堤更是流光溢彩,美轮美奂。各式轮廓灯、投光灯、LED灯交相辉映,勾勒出一幅水与自然相互交融的美景图,将海运堤装扮得更加浪漫温馨,多姿多彩。可以预期,风情水街·海运堤凭借悠久的历史文化,独具的经营特色以及优美的亲水环境,一定会集纳更多更旺的人气,创造更多更新的商机,成为太仓新一轮崛起的商圈地标。

风情水街·海运堤,秀雅灵动,秀色可餐。它既突显江海河三鲜又包容天下美食,它既根植娄东农耕水乡又蕴涵江海文化,神形兼具,美丽含蓄,值得你细细地去发现,去品味、去分享。

海运堤

解读
海运堤

城南崛起商业街

　　太仓城南，这里是一片正在加快开发的热土，海运堤作为太仓市的一个重点建设工程落户于此，经过多年的开发建设，如今，海运堤犹如一颗璀璨的明珠镶嵌其中。毫不夸张的讲，这条集美食、美景以及深厚历史文化底蕴于一身的商业街已然是太仓一张靓丽的城市名片。

　　翻开太仓的地理位置图，海运堤地处太仓市科教新城区域内，根据规划，海运堤分三期开发建设，总占地约30万平方米，建筑面积约10万平方米，全长3000余米，街区宽度为100米。海运堤一期于2009年5月8日建成开街，二期正在紧锣密鼓建设之中，预计2013年

下半年将全部建成，三期规划已通过相关部门论证，也将于近期开工建设。

　　海运堤开街以来，以其迷人的滨水风光、独特的三鲜美食、江南的建筑风格和优美的生态环境吸引了众多消费者和游客前来品尝美食、休闲观光。据不完全统计，目前，海运堤日客流量达到5000人次，节假日突破1万人次，年客流量达到200万人次以上。可以预见，随着二、三期工程的投运以及各种商业业态和品牌商业企业的集聚，海运堤的年客流量将不断递增，预计在未来的3至5年内，海运堤商业街的日客流量将突破2万人次。

　　作为一条太仓城南新兴崛起的商业街，海运堤不仅是太仓科教新城良好的商业配套项目，为科教新城开发建设和招商引资增加了重要砝码，而且也弥补了太仓城南缺少特色商业街的缺陷，更为科教新城以及周边地区市民的消费、休闲和娱乐提供了理想去处。据

◆ 老外融入太仓生活

相关统计资料显示，海运堤2011年的经营额为17000万元，2012年的经营额为21000万元，同比增长23%以上。目前，海运堤从业人员达1000余人，呈现健康快速发展的良好态势。

业内人士分析，海运堤之所以吸引众多投资者、消费者以及海内外游客纷至沓来，一个重要原因在于其科学的规划设计和准确的市场定位。事实上，海运堤的开发建设与发现海运仓遗址有关，海运仓作为古时国家屯粮重地，一方面彰现其独特地理优势，另一方面也是太仓商贸文化繁荣的一个缩影。为此，旨在充分挖掘和展示太仓海运仓遗址历史文化的太仓市委、市政府在深入调研和听取各方意见之后，果断决策投资开发海运堤。

为了在规划设计中将"海运仓"的历史文化元素融合进来，海运堤在建筑风格上采用现代手法演绎传统园林和建筑文化，并且坚持了回归自然的理念，将现代元素与园林、建筑结合，延续了太仓江南水墨画的建筑特色。从市场定位来看，海运堤一期主要以高档餐饮为主，二期主要是休闲娱乐为主，三期主要以健身康体为主，旨在达到让进驻企业实现错位经营，和谐共赢的目的。事实上，海运堤开街运行以来，基本达到了原有的构想。

除了建筑风格彰现江南水乡特点外，海运堤的绿化配套以及

◆绿色低碳婚礼

环境设计也是匠心独具。由于海运堤紧邻新浏河，因此，海运堤在临河滨水上大做文章，一方面在临河滨水建筑上，或开门或开窗或使用玻璃等透明建筑材料，让人可以近距离的欣赏到美丽的河水风光。另一方面，在河边设置了若干台阶，可以让您移步河岸，假如你将脚伸入清澈见底的河水中，也许就会有几条正在戏水的鱼儿与你亲密接触一下。此外，海运堤还种植了大面积的树叶、花草，以创造出四季皆宜的绿色生态环境。仅海运堤一期，绿化面积就达7万平方米。徜徉其中，让人仿佛置身田园。

海运堤能够在短时间内建成投运，不得不提的就是其建设单位——太仓市城市建设投资集团有限公司。作为太仓市重大项目的承建单位，城投公司在接到项目工程建设任务之后，立即着手规划设计。海运堤一期工程从开始规划到建成投运，只用了一年多一点的时间，建成后的海运堤受到了各方人士的赞誉。有人说她是人文与建筑、园林与休闲、时尚与静谧的融合体，也有人说她是太仓高品质的时尚风向标。无论怎样，海运堤坚持了自身的特色和定位，坚持了品质经营的发展理念，为我们打造了又一张太仓靓丽城市名片。

在海运堤一期建成投运并取得良好业绩之后，海运堤二期工程建设立即摆上了建设单位的工作日程上。海运堤二期项目位于一期向西延伸段，全长约800米，东至太平新路，西至盐铁塘，对岸为已经建成的新浏河风光带北岸，两端入口及主干道海运堤路开阔畅通，是科教新城乃至太仓景色最美、亲水最优、地段最佳的标志性商业休闲地块，具有极高的商业价值与城市价值。

海运堤二期致力于打造精致、闲适、人本主义的特色文化休闲街区。整体建筑呈简欧风格，总占地约7.8万平方米，规划建筑面积5.4万平方米，多栋二、三层建筑错落分布，项目动线清晰，交通和停车便捷。在景观上，注重亲水性和文化性，岸线有曲直变化，二到三级标高使岸线全面亲水，海运文化和昆曲文化特色的雕塑、构筑物、铺装使项目充满文化气息。在建筑上，注重商业性和便捷适用。充分利用户外空间和露台，交通流线通畅，地下停车位全面覆盖。在服务上，构建电子商务平台，进行立体化营销推广，使项目可看、可玩，可消费、可驻足。

随着海运堤二期招商工作的开始，目前已有多家投资公司、专业餐饮公司在细化经营方案，考虑引入特色大型餐饮项目，可兼营直升机、游船接亲、草坪婚礼等特色婚庆项目。同时，沿河酒吧、餐饮区已经有高档中式茶吧、德式餐厅、特色酒吧等意向项目。此外，一些特色文化项目经营方案均在积极准备中。从有意进驻二期的项目情况来看，主要商业业态包括特色餐饮，以各式中餐、异国料理、休闲茶点、私房菜等；休闲娱乐，以独立或结合餐饮经营的各式酒吧、雪茄吧、陶艺吧、烘焙坊、泰式推拿、中式理疗、健身美容、SPA、KTV等；特色文化项目，以特色影视、游船项目为主。

根据海运堤总体建设规划，海运堤三期将建在一期向东延伸段，主要引入健身康体等项目为主，目前，工程规划已通过有关部门论证，将于近期动工建设。可以预见，随着海运堤一、二、三期工程全部竣工投运，一幅展示古代太仓繁荣商贸的实景图将重现于世人面前。

◆ 美食节上菜肴展示

◆ 青年烹饪技能大赛

◆ 端午节包粽子比赛

科学管理铸品牌

　　一条商业街建成之后，如何科学管理，规范运作，让商业街朝着更好的方向发展，这是一个没有标准答案的命题。既是建设单位又是管理单位的太仓市城市建设投资集团有限公司为此发起成立了海运堤商业管理公司，通过落实各项管理措施，从而确保了入驻企业规范、有序经营，为消费者营造一个良好的消费环境，也探索出了一条海运堤管理的成功之路。

　　海运堤商业管理公司做的第一件事，也是最重要的一件事情就是规范海运堤商户的经营方向。根据海运堤开发建设定位和经营业态规划，海运堤商业管理公司从选择商户时就把主题餐饮、休闲娱乐、健身康体项目作为进驻商户的经营方向和招商条件，从而有效地管控了海运堤的经营定位和发展方向。

　　不仅如此，海运堤商业管理公司在商家入驻开业后的正常经营活动中，也对商家的经营状况十分关心，根据前期进场商户的实际经营状况及时调整、淘汰并补充合适的经营业态，并且尽可能解决入驻商户在经营中碰到的问题，这也是海运堤能够兴旺并持久发展的有力保证。其实，海运堤在管理上实施的最有效方法是坚持了四个统一，即统一开业计划、统一招商工作、统一推广活动、统一物业管理。

　　海运堤坚持统一开业计划，包括统一开业时间的确定、进驻商户试营业时间的确定、进驻商户装修工程计划、商业物业装修完成计划、商场推广计划等几个方面组成。制定统一的商业街区开业时间，通过统一各种业态、业种的开业时间来制造规模效应，扩大商业街区在先期的影响，树立商业街区的形象，吸引消费者前来消费。

　　海运堤坚持统一招商工作，通过采取前期招商的策略，引进有品牌的商家，按照开业计划和商业街区经营方向计划，有效的引进品牌专业餐饮，品牌娱乐项目，带动整个商业街区的人气，创造一定的商业氛围。海运堤还将太仓当地的一些知名品牌作为目标客户

◆ 海运堤消防竞赛

太仓·风情水街
MANSION IN CREATIVE
海运堤

扬海运堤悠久历史文化
争创中国特色商业街

◆ 海运堤严格的保安制度

引进来，进一步提升商业街的人气。在项目的初期用一定的优惠条件吸引商家，以培养商家的信心。对主力店有专人跟进，力求全方位打造好海运堤项目。

海运堤坚持统一推广活动，从维护海运堤商业街区形象，提高商业街区的竞争能力出发，海运堤经常组织开展多种活动。一方面联合进驻商户在销售经营上采取了各种各样的优惠让利促销活动及买赠等活动，另一方面还利用海运堤空地联合合作商家举行文化娱乐、消防演练等各种形式的户外活动。现在，每天晚上都有许多市民来到海运堤空地上打拳、跳舞。

◆ 专家探讨海运堤

海运堤坚持统一物业管理，商业管理公司根据海运堤的具体情况制定了《装修手册》及《租户手册》，从商家进场装修开始就制定了统一的规范，保证了整个商业街区的环境和统一性；同时又对商户开业后的正常经营有所规范约束，专门的保安、保洁队伍，采取轮班制，负责整个街区的安全、卫生等工作，给每位顾客提供最好的服务。值得一提的是，海运堤利用地面空间设置的上千个停车位为消费者提供了极大便利。

如果说，现在的海运堤商业街已成长为太仓时尚休闲生活的标志的话，那么，今后她也将有可能成为其他城市效仿的范本，走上品牌输出、商旅文结合的发展之路。因为从商业发展的趋势来看，商业、旅游和文化的结合，才是一条商业街常盛不衰的"底气"。

太仓的娱乐饮食消费能量的释放需要一个时尚、新鲜、富有生命力的文化标杆作为引导。而海运堤商业街的成功运行宣告了太仓商旅文结合的经营业态以及餐饮娱乐的多元化时代和业态群聚效应即将来临，几年的实践也充分证明了这一点。

在提倡享受健康美食、健康夜生活的文化时代，海运堤商业街的强势入场，将会给太仓餐饮娱乐消费群体带来强烈的动感和理念上的改变，这将是太仓休闲文化的新的开始。

◆ 领导参观沙溪古镇

太仓市风情水街·海运堤发展座谈会

主办：太仓市人民政府
承办：太仓市商务局
太仓市城市建设投资集团有限公司
2012年10月日

"城投" 扮靓海运堤

　　海运堤从规划、建设到管理，都由太仓市城市建设投资集团有限公司负责。在短时间内建设这一市级重点工程，并且管理的井井有条，实属不易。这里凝结着城投人的汗水、心血和智慧。

　　档案材料显示，太仓市城市建设投资集团有限公司成立于2007年12月18日，是市属国有公司，隶属于太仓市国有资产监督管理委员会，注册资本60亿元人民币，兼管3家市属国有一级公司，分别是太仓市城乡建设投资发展有限公司、太仓市杨林塘开发有限公司和太仓润丰农业科技有限公司，注册资本分别为46亿元、7亿元和3.3亿元。

　　城投集团以城投集团公司为母公司，旗下有6个全资子公司及2个分公司。6个全资子公司为：太仓市新城区开发建设有限公司、太仓市城发建设配套有限公司、太仓市安达房屋拆迁有限公司、太仓淏华投资管理有限公司、太仓市淏拓物资贸易有限公司、太仓市淏城开发建设有限公司；2个分公司为：太仓市新城区开发建设有限公司国投置业分公司、太仓市城发建设配套有限公司餐饮分公司。另有3个控股合资公司和5个产权型子公司。3个控股合资公司为：太仓中油城投能源有限公司、太仓建发投资管理有限公司和太仓淏华科技小额贷款有限公司。5个产权型公司为：太仓生物医药产业园开发有限公司、太仓生物医药创业投资有限公司、太仓市交通建设投资有限公司、太仓水利控股有限公司和太仓市城容投资有限公司。目前，公司合计注册资金130亿元，总资产279亿元，净资产150亿元。

◆ 风情水街·海运堤开街

◆ 天镜湖畔花坛钟

　　太仓市城投集团成立以来，以打造高品质太仓为己任，积极拓展融资渠道，创新融资方式，争取政策支持，面向全市做好融资服务。同时，加强经营性项目开发，积极寻求新项目，加强资本运作，提升公司综合实力，先后开发建设了海运堤一期、新天地广场、新城大厦以及科教新城安置房和其它市政配套建设工程。

　　如今，在太仓主城区、科教新城以及其他各镇区，都留下了城投集团的"作品"。海运堤虽然只是城投集团的一个建设项目，但是从项目的建设和管理工作足以彰现集团的实力和品质。

◆ 城投公司安置房项目

◆ 城投公司

◆ 天镜湖

娄东美食竞风流

　　太仓历史悠久，名人辈出，同样，太仓的美食文化也是渊源流长。考古者在太仓双凤发现"良诸文化、马桥文化维新遗址"，证明4500年前这里就有我们的祖先生活。在春秋时期，强盛的吴国出于经济的发展，军事的扩大和争霸天下的需要，于诸樊元年将国都迁恃五湖、控扼三江的苏州。太仓当时就属于吴地，是吴国东南沿海的前哨，志书称为"斥堠之区"。当时苏州地区养鱼业和稻作农业已有发展，造船业已有所开拓。据《越绝书》称，吴人"习于水战，便于舟用"，在太仓以东海面曾发生过多次海战。吴王十年"东夷侵吴，吴王亲征，夷人不敢敌，收军入海，吴亦入海逐之。"当时两军在海上相持一个多月，又没有食物。吴王便命兵士捞鱼"漉"来吃，"漉"是一种鱼的加工方法。当时已经懂得用鱼"鲞"、"漉"进行加工。所谓"漉"就是将鱼放在热水中烧煮，然后滤干水渍晒干；而"鲞"是将鱼剖开晾干。《吴郡志》引《吴地记》载："吴王阖闾回军会群臣，思海中所食鱼，问：'所余（鱼）何在'？所司奏云'并曝干'。吴王索之，其味美，因书'美'下着'鱼'，是为'鲞'字。"

　　到了秦汉时，从隋《大业杂记》中记载吴郡进献给隋炀帝的水产品中，不乏有许多海产品。隋大业六年，吴郡进献的水产品目录中，就有鲍鱼干14瓶，鲈鱼干6瓶（瓶容一斗），鲍鱼含肚千头，海虾子40挺，蜜蟹20只、拥剑（乌贼鱼）4瓮。据史志记载，一瓶鲍鱼干浸泡后可装10个直径1尺的大盘。至于讲到河鲜，因为太仓东濒长江，境内塘浦纵横，河港交叉，有浏河、杨林、七浦三大通江河道，横穿东西，盐铁塘纵贯南北。太仓浏河镇，旧称浏河口，也称浏家港，浏河口是太湖之水经娄江东行而冲刷出来的入海口，在如此丰富的水资源条件下，河鲜资源同样十分丰富，品种繁多，青、草、鲢、鲤、鳊齐全。

　　太仓经济和餐饮业的发展还得益于古时的漕运和郑和的七下西洋。浏河口在三国时便已启用，公元221年，"孙权聚粟太仓，海运

◆ 灿烂之夜

中国太仓旅游文化节开幕式
暨郑和公园开园仪式

主办单位
苏州市旅游局
太仓市人民政府
承办单位
太仓港经济开发区港区管委会
太仓市旅游局

◆ 郑和公园举办
旅游文化节

◆ 民间海鲜加工

◆ 举办首届
中国河蟹节

◆ 中国·太仓江海河三鲜美食节

以济公孙渊"；至元十九年（公元 1282 年）朱清、张瑄议奏海运漕粮，从此江南各地船只云集浏河，浏河帆樯林立，房屋渐增，市面繁荣；到了明朝郑和七下西洋，浏家港更为繁荣，到处可见"市房密集，街道纵横"，"高楼大厦，建筑华丽"，"吹弹歌唱，彻夜不绝"，"外国贡使络绎而来，番商洋贾慕浏河口之名"。在这样的繁荣下，促进了商旅和餐饮业的发展。在旧时太仓就有朱凤轩、鸿运楼；沙溪凤和楼、江正大；浏河聚兴馆、聚兴轩等名店。

具有深厚文化底蕴的太仓美食文化是祖先留给我们的一大宝藏，如何传承发展太仓的美食文化是摆在我们面前的一大课题。近年来，太仓多举并措加快三产服务业发展，一方面制定了三产服务业发展规划，把发展三产服务业作为工作重点摆上重要位置；另一方面，出台了相关优惠政策和措施，鼓励和引导餐饮服务等第三产业加快发展。在此基础上，太仓还十分注重餐饮服务业的人才教育与培养，并采取切实有效的方法与手段，努力提高餐饮服务行业的整体素质。太仓还依托商务、旅游、餐饮协会等政府部门和协会组织，开展形式多样的学习与培训，着力增强从业人员的技术水平和创新意识；同时，积极组织餐饮行业开展劳动竞赛活动，通过各种不同工种之间的比赛，切磋技艺，增进交流和合作，提高从业人员的工作技能和水平；此外，太仓还以举行"江海河三鲜美食节"、"羊肉美食节"等活动为契机，全力营造餐饮服务行业良好的发展氛围。2008 年，太仓被中国烹饪协会命名为"中国江海河三鲜美食之乡"，双凤镇被命名为"中国羊肉美食之乡"。至今，太仓已成功举办了 6 届"太仓江海河三鲜美食节"、4 届"中国江海河三鲜美食节"、4 届"中国双凤羊肉美食节"，有力地推动了餐饮服务业朝着持续健康快速的方向

◆ 百姓品尝蟹鲜

◆ 刀鱼烹饪

◆ 蟹王展示

发展。特别是"中国江海河三鲜美食节"、"中国双凤羊肉美食节"的举办，进一步扩大了太仓餐饮美食的影响力，也让越来越多的消费者了解了太仓的餐饮美食文化。

随着我市餐饮服务业的快速发展，吸引了众多餐饮服务业人才集聚太仓，对提高太仓餐饮服务业人才综合实力起到了积极的推动作用。据不完全统计，目前，太仓已拥有中国烹饪大师3人，中国烹饪名师5人，江苏省烹饪大师3人，江苏省烹饪名师8人，江苏省服务名师4人，苏州市烹饪大师11人，餐饮职业经理近百人，并且形成了"江海河三鲜"、"羊肉美食"以及"本帮农家菜"等极具自身特色的餐饮品牌。陆渡宾馆、娄东宾馆、花园酒店、稳得福大酒店、阳光海鲜城、新鑫海鲜城、锦江国际大酒店等7家餐饮企业成功晋升为"中华餐饮名店"，这在全国的县级市中十分鲜见，同时，太仓还涌现出了20余家苏州市和江苏省的餐饮名店，为业界所注目。一批具有浓厚地方特色的菜肴、宴席同样受到业界的一致赞誉，其中，尤以"江、海、河"三鲜而闻名，娄城一品鲜、鸟巢圣火虾、鮰鱼腌笃鲜以及"娄江风情"宴、郑和航海宴、一品娄东宴等特色名菜、名宴更是屡屡在国家、省、市等各级各类餐饮比赛中获得大奖。太

◆ 美食节菜肴展示

仓的"江海河"三鲜菜肴以鲜明的地方特色、精巧的制作烹饪工艺、创新的菜式以及独特的色、香、味而为诸多美食家所津津乐道。

在政府部门和行业协会的引导和推动下，太仓各大宾馆、酒店纷纷在继承传统的基础上，充分发挥创新精神，推出了"娄江新派江海宴"、"红烧刺鱼膏"、"浓汁鱼唇"、"娄东三鲜特色名吃"、"江南夜宴"等一批既具有地方特色又融进新元素的菜品，吸引了众多来自五湖四海的游客，特别是周边城市，包括上海、昆山、苏州的游客和喜欢尝鲜的本地居民前来品尝。据了解，每年来太仓旅游的人数在逐年上升，太仓美食为各方人士了解太仓打开了一个新的窗口。同时，也带动了太仓经济的发展、繁荣了太仓市场，对促进各个行业的发展具有十分重要的作用。资料显示，太仓三产服务业，特别是餐饮行业在全市经济总量中的占比正在日益攀升。2012 年全市全年完成服务业增加值 401.15 亿元，同比增长 14%，服务业增加值占 GDP 比重达 42%。

如今，随着"中国江海河三鲜美食之乡"、"中国双凤羊肉美食之乡"知名度和品牌影响力的日益提升，吸引了许多海内外宾客慕名而来。2 张国家级"美食之乡"的名片正散发出越来越大的独特魅力。

特色餐饮诱人醉

　　我们说海运堤是美的，因为她具有美丽的风景；我们说海运堤是有文化底蕴的，因为她与"海运仓"遗址密切相关；我们说海运堤是值得品味的，是因为海运堤集聚了太仓的美食，还引进了各种时尚餐饮。在这里，我们不但可以品尝到来自"中国江海河三鲜美食之乡"、"中国双凤羊肉美食之乡"的地地道道的太仓美食，而且还能够享受到各种风格的时尚餐饮，甚至还有来自异国他乡的风情美食。

　　众所周知，"江海河三鲜"是太仓一张最靓丽、最诱人的美食名片，有人说，来太仓不吃"江海河三鲜"就等于没来太仓一样，这话不无道理。太仓的江、海、河三鲜美食，从广义上讲，包括江、海、河三大资源做成的每一种佳肴，其涵盖面极大，因太仓独有的地理位置，从狭义上讲，长江中的三鲜，即为鲥鱼、刀鱼、河豚鱼，海中三鲜，即为银鲳、带鱼、黄鱼，河中三鲜，即为大闸蟹、青虾、鳜鱼。另据《太仓州志》记载有几种江海鱼，如"箭头鱼、虾虎鱼、箸塌鱼"等鱼，只有太仓才有，这些鱼有的"清明后出，月余绝"，"有的七、八月中出，有冬月出"，一年四季应时鲜出，这些独特资源烹制的佳肴，深深地吸引了无数海内外食客。

　　海运堤在开发建设之时即考虑引入太仓本土的"江海河三鲜"名店，以让消费者在此可以品尝到太仓正宗的"江海河三鲜"美食。就这样，莆鑫海鲜城、稳得福酒楼二家以"江海河三鲜"为特色的中华餐饮名店如约而至，还有鑫鑫酒楼、金城渔港、小地方酒楼等以"江海河三鲜"为主打品牌的酒店也纷纷抢滩海运堤。现在，无论是太仓本地人，还是外来宾客，想品尝太仓独特的"江海河三鲜"美食，都会不约而同来到海运堤。

　　对于一个外来宾客或是大多数太仓本地人，可能只知道太仓的"江海河三鲜"出名，可是，究竟"江海河三鲜"中哪几道菜是最

◆ 从左至右：带子鲍仔、糟蒸老闸鸡、花园扇贝、荷塘情趣

◆地产老黄酒

有名的，想来知道的人一定不会太多，特别有几道"江海河三鲜"菜肴让人常吃常新，百吃不厌，其中尤以酿蒸鲥鱼、清蒸刀鱼、红烹河豚、香熏鲳鱼、糟熘鱼片、浓汁鱼唇等为最佳品。除了江海河三鲜资源丰富外，太仓的"江海河三鲜"还有一个特别之处，就是烹饪方法多样，从炖、焖、煨、熏等不同的手法，到煎、炒、爆、熘等不同方法，创造了特色的美味佳肴。甚至一种食材可以制作出几道甚至十几道菜品来。以河豚鱼为例，可以烹饪出红烧河豚、白烧河豚、清炖河豚鱼、河豚鱼干等等。

◆江上捕刀鱼

双凤羊肉，是太仓美食的另一张名片。史料记载，清朝末期的双凤镇上，住着一户中落的小康人家，家中幼子名唤孟一同。一同年幼时因体质较弱，医生建议他以温食滋补。于是，除了平时饮食方面注意宜忌之外，每至冬季羊肉上市，他家长辈就会到当时的羊作买上几斤羊肉，专为他烹煮。待年龄渐长，他就自己煮食，甚至用煮羊肉的汤，下面条吃，再将肥羊切成块，做面浇头，这样做出来的羊肉面味道很好，家人因此戏称他为"羊肉美食家"，而他的体质也随着年龄的增长以及饮食的协调渐渐增强。弱冠之年，他决定将他的羊肉面推广到镇上，开一家羊肉面馆，让镇上人都来品食。家人始而反对，继而被他说动，并给他财力支持。1890年，孟一同在双凤老街西市开了一家"孟家羊肉面馆"，成为"双凤孟家羊肉面"第一代创始人。

孟一同在双凤镇上开出第一家羊肉面馆，因其以"太仓山羊"为原料，辅以十多种调味品、中草药为佐料，烧煮的羊肉和羊肉面味入骨肉，具有细、柔、滑、韧等特点而名扬四方，每年都有无数食客慕名而来。从此，双凤羊肉的名声也逐渐响了起来，双凤羊肉也被誉为太仓双凤镇的一绝，以"酥而不烂，浓而不膻，香而不燥，肥而不腻"著称。如今，在海运堤上，就有一家由孟家羊肉第五代传人开的"中华老字号"企业——孟家羊肉馆。在这里，你可

◆海鲜进渔港

以品尝到具有百年历史的"孟家羊肉"的原汁原味。

除了"江海河三鲜"和"双凤羊肉美食"外，海运堤上的太仓本帮农家菜也是颇具特色。作为鱼米之乡的太仓，环境优美，物产丰富，蔬菜、瓜果、生态农业园的绿色农副产品早已远销海内外，太仓白蒜、大米、甜高粱、芋艿、蚕豆、青毛豆等都闻名遐迩，这些特色美食给太仓的大厨们创造了一大批美味佳肴。海运堤上的各家酒店就是选用太仓这些绿色、有机、新鲜、独特的食材，烹饪出一道道具有本帮特色的农家菜，深受广大消费者的喜爱。在这些菜品中，尤以太仓山药糕、糟蒸老闸鸡、太极南瓜芋艿羹、元宝笋干鸡、象形玉米饺、五谷竹香饭、韭菜豆瓣沙、皇仓庆丰收等常见并且出名，成为消费者上桌必点的菜品。

在品尝了太仓本地的特色美食之后，源泰东南亚风味餐厅、全国连锁企业豆捞坊等现代时尚美食同样诱人，特别深受年轻人的追

◆ 从左至右：
太仓肉松骨、
韭菜豆瓣沙、
自制鱼面筋、
母子长寿鱼、
鲴鱼腌笃鲜、
神仙鱼。

捧。以源泰东南亚风味餐厅为例，餐厅将泰国的酸、辣、甜及咖喱风味与精致、清淡的粤菜完美结合，菜式组合丰富，色彩艳丽，口味时尚，配以来自原产地的食材和辅料、地道的烹煮技艺，轻松享受原汁原味的东南亚菜肴美味。热情洋溢的泰式礼仪勾勒出魅惑的异国风情，尤如轻轻掠过的海风，让身临其境的你对即将到来的美味浮想连篇。

目前，在海运堤的商家中，餐饮美食商家占70%，休闲娱乐企业占30%。徜徉于海运堤上，你既可以品尝风格各异的精美小吃，享受不同风情的地域美食，又可以流连于精彩纷呈的休闲娱乐活动，或者忘情于年轻时尚的健身运动。想一个人静静时，你可以探出窗外，美景尽收眼底。满眼的苍翠让消费者在市中心亦有置身于的"天然氧吧"的清新之感。海运堤商业街通过不断打造其独具个性的品牌内涵，深化其年轻、时尚的广场形象，已经成为时尚消费者餐饮、休闲、聚会的首选地。

借问酒家何处有

　　长江浩荡，缔造了长江入海口富饶的三角洲冲积平原。岁月如歌，历经千年绘制出太仓美丽的一方热土。海纳百川，无数鸿儒先贤纳天地之精神、江海之气概，创造出了璀璨的娄东文化。从元代漕运万艘得"天下第一码头"之称，到明代郑和七下西洋的人类航海史壮举，再到张博兴社、王世贞兴文、吴伟业兴诗、陆世仪兴学、"四王"兴画等，娄东文化一直占据华夏文明的一席重要地位。

　　吴地灵秀，太仓兼海江之雄魂这一独特的地理位置，造就了独特的人文景观，有数千年的渔猎稻作文化，食鱼鲜的历史更是早至春秋时期，经历代名厨匠心演绎和海陆文化、中外文化的滋润，形成了独步华夏餐林的江、海、河三鲜美食和当地特色餐饮文化。近几年，随着社会翻天覆地的变化，人民生活水平的不断提高，对外交往的日益繁多，江海河三鲜美食成为了太仓城市的一张诱人名片。三鲜美食、本地农家菜等菜肴，也在承前启后中加快推陈出新，先后获得中国江海河三鲜美食之乡和中国羊肉美食之乡两大殊荣。这里，向大家介绍的是位于风情水街·海运堤的部分名店、名师、名菜。

◆ 金诚渔港 ◆

　　金诚渔港2004年始创于太仓市浏河镇，以餐饮连锁经营为主，并集大型娱乐总汇和客房为一体，公司目前拥有2家海鲜酒楼，1家文化休闲娱乐公司、1家客房和1家酒业公司。公司先后荣膺国际、国家及省市所授予的"国际餐饮名店"、"中国饭店协会会员"、"中国烹饪协会会员单位"、"江苏省价格诚信单位"、"太仓市著名商标"、"2012太仓美食节特色菜肴特金奖"等众多荣誉。

　　金诚渔港太仓店位于环境优美、交通便利的太仓市科教新城新浏河塘畔风情水街 • 海运堤A3。古色古香的豪华装修，宽敞明亮的包厢，大厅设有豪华卡拉ok自助点歌服务。酒店以优雅的就餐环境，优质的服务理念，承接各类大小宴会及商务接待，酒店外围设有50多个专用停车位，营业面积2000平方米，拥有一流的厨师团队，主营"江、海、河"三鲜中高档菜及农家特色菜，选料采用绿色食材，烹饪考究丰富超值，味道纯正，让您在享受的同时，深深体会到浓浓的江南美食和水乡风情。酒店还以时尚前沿的餐饮理念，热情周到的高标准优质服务，赢得新老顾客的一致好评。

◆总厨顾红雷，国家特级厨师，中国烹饪协会会员，1975年出生，太仓市浏河镇人，从事餐饮工作二十余年，曾任职于上海凯悦、香格里拉、和平饭店等大型餐饮名店，多年来一直致力于江、海、河三鲜的美食制作以及本帮菜的研究创新，在历届美食节比赛中多次为酒店和个人夺得金奖、特金奖及餐饮名店等殊荣。

天麻药膳煲千岛湖鱼头

千岛湖地处山区，没有污染，是个清静美丽得让人流连的地方，有"中国有机鱼之乡"的美誉。千岛湖鱼头来自千岛湖的深山活水，是纯天然无污染的最佳美食，其肉质细嫩、营养丰富，除了含蛋白质、脂肪、钙、磷、铁之外，还含丰富的不饱和脂肪酸，它对人脑的发育尤为重要，可使大脑细胞异常活跃，同时有健脾补气、温中暖胃、散热的功效，尤其适合冬天食用。

功夫汤

功夫汤选用上等的药材及私密的配方，经过数小时的细火慢炖，造就药效奇特的功夫汤，其浓汤锦绸，色如朱赤，回龙助阳，入血脉，以祛病根，为接命上品之丹汤。

手抓羊排

将事先腌制好的羊排卤制成半成品，在羊排炸的过程中，特别讲究对火候和油温的掌控，外焦内嫩为最佳，特点是入口留香，皮脆肉嫩。

羊排是我国人民食用的主要肉类之一，羊排比猪排的肉质要细嫩，而且比猪排和牛排的脂肪、胆固醇含量都要少，其维生素B1、B2、B6以及铁、锌、硒的含量颇为丰富。此外，羊肉肉质细嫩，容易消化吸收，多吃羊排有助于提高身体免疫力。羊排热量比牛排要

高，历来被当作秋冬御寒和进补的重要食品之一。

锦绣拼盘

　　用刺身河豚、三文鱼、北极贝等原料精选而成。河豚鱼营养丰富，具有消肿、降血压、去胃疾、恢复体力、调节免疫系统等诸多功效，味道鲜美并带有野味。三文鱼生吃鱼肉，可能很多人不太容易接受，但是，三文鱼确实是生吃为营养价值最高，三文鱼中含有丰富的不饱和脂肪酸。北极贝一般颜色都是上红下白，看起来非常诱人，它在几十米深的海底生长，很难受到污染，肉质肥美，含有丰富的蛋白质和不饱和脂肪酸，脂肪含量低。

长江鲥鱼

　　鲥鱼属回游性鱼类，平常分布于东南沿海，每年5～6月间回游入淡水水域、逆流而上产卵，在此期间我国长江、珠江、钱塘江水系都出产鲥鱼，但以长江中下游产的鲥鱼数量最多，质量最好。鲥鱼味鲜肉细，营养价值极高，其含蛋白质、脂肪、核黄素、尼克酸及钙、磷、铁均十分丰富，脂肪含量很高，居鱼类之首。

◆总厨徐辉，高级技师、高级营养师，1977年生，从1993年开始走南闯北，曾在北京、上海酒店担任过总厨多年，现已获得高级技师、高级营养师等荣誉。

俗话说"唯用心才能做出好菜来"，而在徐辉看来，还不止这些，要投入百分百的热情及其对食材苛刻配比的钻研，才能烹饪出一道道色香味俱全的菜肴。他说只有慢功夫才能熬出真性情。就是这种熬出来的真性情，才得以烹饪出让"五脏庙"垂涎三尺的美味。

◆ 莆鑫海鲜城 ◆

　　太仓市莆鑫海鲜城有限公司成立于2004年9月，公司经营酒店、水产品销售、海鲜礼品等。公司旗下现有浏河新鑫海鲜城和太仓莆鑫海鲜城两家酒店。

　　莆鑫海鲜城坐落于太仓市海运堤路风情水街海运堤，营业面积2500平方米，酒店的菜肴特色以"江、海、河三鲜"为主，本酒店所用海鲜食材都由公司合作渔船出海捕捞，直接供应，确保质量上乘。所有江、海、河鲜采用原始的烹饪方法，保持食材的原汁原味。兼有粤、闽、本帮等地方特色。经营期间获得中国烹饪协会授予的"中华餐饮名店"称号。江苏省烹饪协会授予的"江苏餐饮名店"称号及苏州市商务局、苏州烹饪协会共同授予的"苏州餐饮业特色名店"称号。公司自开业以来，不仅在太仓赢得良好的口碑，而且不断有食客从上海、昆山、常熟等地蜂拥而至。酒店承诺：我们做的比您想象的更好！

太仓市菁鑫海鲜城有限公司

刀鱼

　　长江三鲜，其游速快如飞燕，状如抽刀断水，姿态十分优美。民谚有"春潮迷雾出刀鱼"之说。清明时节是捕食刀鱼的黄金期，刀鱼入江后，身上的盐分逐渐淡化，其在淡水里吸收大量养份，育肥身体，促进性腺发育成熟。此时刀鱼肉质细嫩、口感极佳。清蒸刀鱼不去鳞，高温可使细鳞化为滴滴油珠，更添鲜美。刀鱼营养丰富，每百克含脂肪16.8克，蛋白质14克，磷1.1克。

河豚

　　"长江三鲜美,河豚第一鲜。"古人苏轼曾赞美"竹外桃花三两枝，春江水暖鸭先知。蒌蒿满地芦芽短，正是河豚欲上时。"可以看出河豚的鲜美其历史深渊和文化内涵亦相当深厚。其鱼肉、鱼肝、鱼皮、鱼白功效能维持人体营养均衡、改善肤质、增强免疫功能、健脑益智、壮阳补肾、美容、暖胃等功效。

长江鲥鱼

　　鲥鱼与河豚、刀鱼齐名，素称长江三鲜。"芽姜紫醋炙鲥鱼，雪碗擎来二尺余。南有桃花春气在，此中风味胜莼鲈。"这是宋诗人苏东坡描写鲥鱼的诗篇。鲥鱼产于长江下游，以当涂至采石一带横江

太仓市莆鑫海鲜城有限公司

鲥鱼最佳美，素誉为江南水中珍品，古为纳贡之物。其味鲜肉细，营养价值极高，有补益虚劳、强壮滋补、温中益气、暖中补虚、开胃醒脾、清热解毒、疗疮的功效。

青膏蟹

　　"清蒸是对于一条鱼的最好礼遇"，用在青膏蟹身上也不为过。壳色大红、壳内膏黄顶角，肉白鲜美，膏黄甘香，独具风味，诱人馋涎。清蒸是青膏蟹最经典的做法，这种做法主要突出蟹原汁原味，能最大限度地保持色、香、味。翻开底盖，连着把蟹背也一同剥开，蟹背里金色的膏黄就展现在眼前，仔细地把膏黄剥下来，浇上醋，放进嘴里，细细地品味，慢慢地咀嚼，果然是"蟹肉上席百味淡"啊。

章鱼

　　章鱼的肉很肥厚，是优良的海产食品。章鱼含有丰富的蛋白质、矿物质等营养元素，并还富含抗疲劳、抗衰老，能延长人类寿命等重要保健因子—天然牛磺酸。《本草纲目》中记载："章鱼、石距二物，似乌贼而差大，味更珍好。食品所重，不入药用。"章鱼补血益气。主推美极做法，所浇上的美极酱油和热油的章鱼，更是让人垂涎欲滴。

◆ 新稳得福大酒店 ◆

　　稳得福大酒店得益于娄东文化的浸润滋养，悉心经营江海河三鲜美食，博采众长，锐意出新，在国内重大赛事中屡获殊荣，深受中外宾朋喜爱。先后荣获中国烹饪协会中华餐饮名店奖，江苏省烹饪协会餐饮名店、苏州市餐饮特色名店称号，连续三年荣获"中国太仓江海河三鲜美食节"餐饮名店及名宴特金奖等诸多荣誉。

　　再续"百万仓"繁荣传奇，弘扬江海河三鲜美食文化，2011年，千余平方的稳得福会所，又在元代海运仓旧址--海运堤风情水街落成开幕。粉墙黛瓦、江南园林诉说着吴文化的精致儒雅，阔屋豪庭、简洁率真，则是海派江湖气概。古朴典雅的红木家私别有一番深意地昭示着苏州作为中国明清家具文化核心的地位，琳酿满目的精美壁画让人遥想娄东画派昔日中国画坛泰斗的辉煌。

　　来吧，请您呼亲唤友，会于江海豪情，领略娄东文化，品味三鲜美食，感慨古今，快意人生！就在娄江之畔的新稳得福大酒店。

◆ 厨师长魏勇，1982年7月出生，擅长烹饪江、海、河及上海本帮菜，师从国家级大师孙兆国先生。深得烹饪大师孙兆国的厨艺精髓，现任新稳得福会所厨师长。2006年获美国食品烹饪大赛中荣获优胜奖和上海国际餐饮大赛博览会青年烹饪精英赛个人全能金奖，2008年荣获第六届全国烹饪竞赛个人赛热菜项目银奖，2009年荣获中、加、美国际烹饪技术交流大赛金勺奖。

秘制鲥鱼

鲥鱼因其肉质肥美鲜嫩，被美食家们誉为"鱼中皇后"，历来是进献皇帝的御膳贡品。烹饪鲥鱼不需刮鳞，因为时鱼的脂肪一半在鳞下，蒸熟后鳞片半溶。油脂渗入肉中，特别腴美可口。经过我们多年来的经验和探究，总结出秘制鲥鱼的酱汁，酒香浓郁、味道特殊。

草头长江虾

草头：原名苜蓿又名三叶草、金花菜。此菜在上海和江浙两省农村地区作为常用蔬菜。草头配以长江虾，此菜味道鲜美，还可平衡人体的酸碱值。

珍珠野生鮰鱼

鮰鱼为大型的经济鱼类，其肉嫩味鲜美，富含脂肪，又无细刺，蛋白质含量13.7%，脂肪为4.7%被誉为淡水食品中的上品，此鱼最美之处是带软边的腹部，而且其鱼特别肥厚。鸡头米及补中益气，强身美容之作，用为滋养强壮性食物，男女老少皆宜。此菜由鮰鱼、鸡头米、蟹粉，

三种原料组成。构成完美搭配，可强身补气，滋补养颜之效，味鲜美，鱼肉鲜嫩。

碧绿酱汁肉

　　此菜由苏东坡的东坡肉演变而来。在原自东坡肉的基础上，加以改进，使东坡肉由小块演变成大块的方肉。此肉经过小火慢煨四小时以上，使肉内的油腻煨出，使人感觉酥而不烂，入口油而不腻之感。再配以绿叶蔬菜口感更美，回味无穷。

虾脑蒸膏蟹

　　此菜由"蛤蜊炖蛋"演变而来，在炖蛋的基础上加以虾脑汤而来炖蛋，虾脑汤是取斑节虾熬制，熬制过程很有讲究，熬制好的虾脑来炖蛋，在配以膏蟹，制作此菜，堪称完美。搭配营养丰富，味道鲜美，入口滑，膏蟹诱人。

◆ 金色湖水土菜馆 ◆

　　风景秀丽的海运堤商业街畔，坐落着一家特色餐厅——金色湖水土菜馆，她的名字是由美丽富饶的苏北平原上三面环湖（高邮湖、洪泽湖、泊马湖）的县城——金湖而来。

　　金湖县民风淳朴、环境优美、生态物产丰富，特别是水产，有着强烈的地方特色。土菜馆的食材，大多数来自金湖的馈赠。比如：土鸡、麻鸭、老鹅、黑猪肉等，都是来自农户散养的。菜馆聘请民间料理农家土菜师，用最简单的调料和最原本的烹调方法，为您奉献一道道营养丰富、味道鲜美的佳肴，让您在此体验美妙舌尖之人生。

◆ 主厨於学海，江苏金湖人。师从淮扬菜大师居长龙，深得大师真传，历任金湖宾馆、万家灯火大酒店、竹林山庄酒店等主厨，后于2010年5月8日受聘于金色湖水主理菜品，一直以来深受顾客一致好评。

红烧肉圆

采用金湖农家自养的黑猪前腿肉，手工剁制而成，口感嫩滑，绝对不同于普通肉圆的味道。

家乡粉羹

选用红薯粉自制而成，味道鲜美、弹牙顺滑、一尝难忘，是金湖人家宴请不可缺少的一道菜。

红烧老鹅

老鹅是绝对的食草动物，是陆地上唯一不长肿瘤的动物，肉质富含抗肿瘤因子，为食补的上品。

白汁桂鱼

采用独特烹制方法而成，色白汤浓、味美，绝不添加额外的奶类、亚浆类增白因素。

农家炖土鸡

选用农家散养稻谷、昆虫、草籽喂食一年以上的草鸡，清香扑鼻，鸡味十足，是不可多得的补品。

◆ 双凤孟家羊肉会所 ◆

　　千年沧桑的双凤古镇，一直延续着养羊食羊的风俗，早在明代弘治年间，双凤进士周墨诗云："西风才过西林寺，已闻深巷羊肉香。"至清末，双凤镇上逐步出现了羊肉面馆，而创始并最有特色的当属孟家羊肉面馆。1890年，孟一同在双凤老街上开出了第一家羊肉面馆，在长期的烹煮经营中，独创了一套制作羊肉的技艺绝活，面馆生意因此日益兴隆。

　　双凤孟家羊肉后又经历了多代相传，至今的第五代传人，即为双凤孟家羊肉会所的李永康。在继承传统技艺的基础上，李永康不断创新，使如今的孟家羊肉面馆在祖传羊肉面制作及经营上，均不负众望，已从单一的羊肉面演化到整桌的全羊宴，从单一的美食面点发展到餐饮大餐，从单一经营发展到连锁经营，孟家羊肉品牌提档，效益提升。近几年来，孟家羊肉面馆先后荣获江苏省第四届天目湖农家菜美食节、主题筵席两项金奖，荣获"中华老字号"美誉，李永康本人还被选为双凤羊肉面制作技艺"非物质文化遗产传承人"，目前拥有"国家高级烹调师"、"江苏省烹饪大师"称号。

品味
海运堤
98/99

◆总厨李永康，国家高级烹调师、江苏省烹饪大师。

李永康，1964年生，江苏太仓人，从事餐饮行业20余年，经营羊肉面馆及中餐。1993年经上海市劳动局技能培训合格，获中级职称。李永康一直经营羊肉馆至今，2010年获苏州市烹饪大师称号，同年经苏州市劳动人社局高级技能培训合格，获高级职称，2012年经江苏省烹饪协会批准获江苏省烹饪大师称号。

羊肉面

孟家羊肉面在制作上非常有讲究，选上等2年龄左右的太仓地产山羊品种，宰杀后反复清洗，先入锅蒸煮再起锅，漂清膻味，然后分档下锅，肉质较老的置放下面，肉质较嫩的置放上面，煮沸后再加入佐料文火熬煮。面汤用原汤精制，汤要做到浓而不浊，油而不腻，其面以手工制作，入水便熟，久煮不烂，口感及佳。

羊肚血汤

配料有羊肚、羊血。羊肚有补虚健脾胃的作用，对虚劳赢弱有一定的食疗作用。汤中加枸杞，有补肾益精、养肝明目的作用。羊血具有止血、祛瘀功效，出菜时加入少些白胡椒粉，味道极佳，是孟家传统养身滋补的汤菜。

红烧羊肉煲

选用优质太仓山羊，分档下锅，羊肉切成一寸见方的块，加入传统酿制酱油和几十种天然中草药，用孟家传统烧煮方法，将羊肉焖至入骨，酱红通透，再将孟家传统面浇头延伸而成型的菜品。其特点色泽酱红，酥烂喷香，顺滑不腻。

香酥羊排

选雄性山羊的排骨,将事先腌制好的羊排卤成半成品,炸制成品后,放上各种调味品,装盒即可。在羊热排制作过程中,特别讲究油温和火候,要恰到好处,外香里嫩为最佳。其特点是形似大山,入口留香,皮脆肉嫩。

极品孟家羊腿

选用羊腿肉质醇厚的部位,以苏帮菜烹煮方法,用红烧老卤配以中草药料,小火煨到酥烂,混合成醇香,羊肉肥而不腻,色泽鲜亮,香气扑鼻。其特点为外亮里透,香酥可口,肥而不腻。

◆厨师长姜若，中国名厨，淮扬菜烹饪大师。姜若从事餐饮工作15余年，业务精湛，工作出众，精通"淮扬菜、杭帮菜、粤菜"，先后在杭州天香楼任厨师长、郑州一分利酒楼任总厨、苏州通天府任厨师长、上海松鹤楼任厨师长、苏州松鹤楼餐饮管理公司太仓店任厨师长。2005年在杭州美食烹饪大赛中获冷菜和热菜金奖，2008年在苏州相城区美食节大赛中获金奖。他在积累了大量工作经验的基础上，总结研究笔记20余万字。

◆ 松鹤楼 ◆

　　松鹤楼，清乾隆二十二年（1757年）创始，迄今已有二百多年的历史。松鹤楼是苏州地区历史最为悠久、饮誉海内外的正宗苏帮菜馆。它是苏帮菜厨师的摇篮，也是商务部首批认定的老字号。

　　松鹤楼近百年来名厨辈出。1983年11月，该店名厨刘学家参加了在首都举行的"全国烹饪名师技术表演鉴定大会"，当场表演"早红桔络鸡"的全套操作过程，博得了专家、同行和各界人士的赞赏，荣获"全国优秀厨师"奖状和奖杯。这一年，经江苏省政府批准命名为特级红案（掌勺）、白案（桌面）厨师有：张宜根、刘学家、陆焕兴、孟金松、屈群根、朱阿兴、刘祥发，还有服务员技师顾应根等，都是出身于松鹤楼。与这一批同辈的名厨还有周桂生（在台湾）、朱敖大（在美国）、汤泉明（在日本）。他们把松鹤楼苏帮烹饪技术带到海峡对岸和大洋彼岸。

　　松鹤楼的名厨在国内外烹饪大赛上屡获金奖，松鹤楼也荣膺了商业部、内贸部授予的"金鼎奖"、"中华名小吃"及"国家特级菜馆"等称号。松鹤楼在某种意义上代表了苏州美食，因此，影片《满意不满意》、《中华三味》和《美食家》均取材于松鹤楼，著名的小说家金庸在其《天龙八部》中就多次提到松鹤楼，还欣然写下了"百年老店，历久常新，如松长青，似鹤添寿"的题词。

松鼠桂鱼

　　为苏帮菜中的极品。据传，乾隆皇帝下江南时对松鹤楼的这道佳肴赞不绝口，引得当时达官贵人，为人雅士争相品尝。多部影视作品中都有上映。松鹤楼特级厨师曾以此道菜代表江苏餐饮界赴京表演，赢得满堂喝彩。选用九百克左右的桂鱼辅以河虾仁，松子及秘制的调料，二次油锅炸熟，头大口张，尾部翘起，形如松鼠 。此菜外脆里嫩，甜酸适口，是苏帮菜中的经典。

清溜河虾仁

　　原料河虾来源于江南水溪，肉质鲜洁，活虾当用手剥成虾仁，恰到好处的溜滑技艺，使这道菜口感独特，清爽无腥，烹制好的虾仁，晶莹剔透，让人有珠玉满盘的视觉享受。

响油鳝糊

自古就有"小暑里活鳝赛人参"之说。此菜选用活鳝经盐水绰煮，出骨成丝，加调料煸炒而成。装盘后以鲜姜丝上桌，浇上热油滋滋作响，故名"响油鳝糊"。 此菜色泽红亮，咸中带甜，香味浓郁，为苏邦菜又一绝活。

绿叶樱桃肉

取大块五花肋条猪肉，剞上十字花纹，加冰糖用小火焖制，焖到皮软肉酥，层肉尽染，再配上煸炒得碧绿生翠的草头，令人食欲大振。以猪肉为原料的菜肴中，春夏首推樱桃肉。

甜豆鸡头米

选用水八仙之一的鸡头米和碧绿鲜嫩的甜豆，辅以少许火腿末，可谓是"嘈嘈切切错杂弹，大珠小珠落玉盘"，美不胜收。甜豆清甜爽口，鸡头米软糯酥香，清清爽爽，平平淡淡中领略一分苏州味道。

订餐电话:0512-53239777

新小地方大酒店

　　新小地方大酒店为太仓市友成酒店管理有限公司旗下分店。酒店坐落于太仓市风情水街海运堤C4幢（东仓大桥西侧50米），地邻新浏河风光带，周边环境优雅，泊车便利。酒店前身是素有"江尾海头第一镇"美誉的太仓浏河镇"龙凤酒楼"，1997年12月更名为"小地方大酒店"，经营以"江海河"三鲜为特色的时令菜肴，推出了长江第一鲜河豚特色菜。

　　为了满足广大消费者的需求，2011年4月18日，正式在太仓海运堤成功开张了第一家分店"新小地方大酒店"。酒店拥有宴会大厅、多功能大厅各一个，豪华包间25间，可容纳400人同时用餐。新店继承了老店一贯的江海河三鲜特色，采用传统的烹饪方法，保持海鲜和江鲜的原汁原味，并引进粤、川杭、本帮等地方特色名菜，努力把酒店打造成百姓喜爱，迎合不同消费群体的品牌企业。

　　小地方大酒店先后取得"中国江海河三鲜美食之乡餐饮名店"、"中国·太仓江海河美食节特金奖"、"2009中国·太仓江海河三鲜美食节金牌三鲜宴"等多项殊荣。小地方不但在当地获得了很高的声誉，更吸引了周边上海、苏州、昆山、常熟等地的食客慕名而来。

　　为了更好的服务大众，以其特有的对美食的执着与创新，经过10多年的纯餐饮行业之历练，新小地方又扩大规模投入大量资金建造一个面积1万多平方米，可以同时容纳上千人就餐。

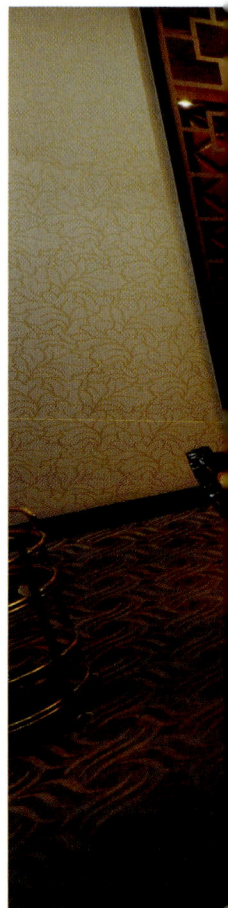

◆傅华明，高级烹饪师、营养师。

傅华明，1979年出生，广东人，国家高级烹饪师、营养师。

1995年起从事餐饮行业，有多年的厨艺技术，先后任行政总厨、高级烹饪师。2006年任深圳市丹枯轩会所厨师长。2008年任江苏省常熟市金海华酒楼行政总厨。2010年任深圳市皇岗雲顶会所总厨等酒店工作。傅华明工作积极热情，具有丰富的管理经验以及优秀的领导能力，能在较短的时间里适应工作环境，做出更适合当地消费者口味的菜品。

红烧河豚

主料：河豚

辅料：葱、姜、时令蔬菜

特点：肉肥嫩，汁浓醇

食材简介：河豚鱼，又名"气泡鱼"，河豚鱼味道极为鲜美，与鲥鱼、刀鱼并称为长江三鲜。营养成份河豚肉含蛋白质、DHA、EPA和人体必需且不能自行合成的八种"氨基酸"及多种微量元素。

食疗简介：味甘，性温。能除风湿，补脾利湿。

余汤乌鲳鱼

主料：乌鲳鱼

辅料：姜、蒜子

特点：汤色浓白，口味鲜醇

食材简介：乌鲳鱼含有丰富的不饱和脂肪酸，丰富的微量元素硒和镁，是一种不错的鱼类食品。

食疗简介：盖气养血，补胃益精，柔筋利骨之功效；对消化不良、脾虚泄泻、贫血、筋骨酸痛等很有效。

台香花生猪手

主料：猪手、花生

辅料：八角、陈皮

特点：味香汤浓，猪蹄软烂，食而不腻

食材简介：猪蹄的营养价值并不亚于熊掌。猪蹄中含蛋白质、碳水化合物、维生素A、B、C及钙、磷、铁等营养物质，其蛋白质水解后，所产生的胱氨酸、精氨酸等11种氨基酸之含量均与熊掌不相

上下。

    食疗简介：养颜美容、滋润肌肤、增加弹性。

清蒸红油膏蟹

    主料：红油膏蟹

    辅料：姜、醋

    特点：油膏甘香，肉质鲜嫩，美味独特

    食材简介：盛产于温暖的浅海中，主要分布在我国江浙、福建和台湾等地的沿海。秋季是品红油膏蟹好时节，膏满味美，多肉、鲜嫩，膏黄油亮，含有丰富的蛋白质及微量元素。

    食疗简介：红油膏蟹不但味美，而且营养丰富，有滋补强身之功效。

降压西芹丝

    主料：西芹

    调料：盐、食用油

    特点：清淡、味甘、爽脆

    食材简介：西芹又名西洋芹菜，其营养丰富，富含蛋白质，碳水化合物、矿物质、含铁量高及多种维生素及芹菜油，是一种保健食材。

    食疗简介：芹菜具有降血压、镇静、健胃、利尿、防癌、抗癌等疗效，具有食疗价值。

◆ 主理郑剑鸿，1978年生，1992年进入杭州华侨饭店学厨，深得多位杭帮菜大师亲传。1996年进宁波海鸥宾馆工作，1999年至今主理承包多家大型酒店及私人会所酒店。郑剑鸿擅长杭帮菜、淮扬、川菜等菜系的烹制，曾游历新疆、西安、河北等美食特色城市，容各家之所长，自研艺术精品菜、江湖菜、意境菜，志在发扬中国传统美食。

◆ 鑫鑫海鲜城 ◆

　　鑫鑫海鲜城坐落于太仓风情水街海运堤餐饮美食一条街，主要经营福建、大连等地深港海鲜，其中苏产的江海河三鲜为主打品牌。酒店在菜肴上融合各地不同特色，以精湛的菜肴，迎接社会各阶层、新老客户的需求。在此，鑫鑫海鲜城特向广大美食爱好者，推荐以下菜肴，望君领略，本酒店以粤菜、苏帮、本帮为主，供品种系列菜，配以川、沪、浙、地方菜供各大食客选择，海鲜，燕鲍翅参为主体。

　　我们的宗旨，永不枯竭的创意和无穷无尽的构思，来源于我们对餐饮行业的无限热爱，在餐饮这古老神秘又充满浪漫的国度里，请允许我们为你插上梦的翅膀，带来越过梦的海洋，从你抵达本酒店开始，我们为你提供宾至如归的服务！

粽香珍珠鲍

菜品介绍：以新鲜粽叶包裹糯米，搭配大连鲍，在传统的粽子的基础上配以海鲜，香糯可口味道鲜美，造型美观。

金牌宝塔肉

菜品介绍：此菜选用三肥三瘦上好五花肉配以鲜笋尖，灵感来自绍兴的梅菜扣肉，让鲜笋充分吸收油脂，肉又吸收鲜笋挥发鲜香，诗人曾用"无竹令人俗，无肉令人瘦，若要不俗又不瘦，天天笋烧肉"的诗句赞美它，此菜曾获杭帮创新菜"金奖"，造型美观层层叠升，有如宝塔，所以取名"金牌宝塔肉"。

碧波鱼圆

菜品介绍：此菜以老母鸡汤，新鲜荠菜，鱼茸精制而成，荠菜碧绿清香，鱼圆洁白细滑，有如碧波皓月，配以鸡汤，补中益气，荤素搭配巧妙，每客独享一位，淡雅高贵。

琥珀核桃

菜品介绍：咸菜香甜酥脆，用"琉璃"的烹调手法仗之晶莹剔透核的核桃具有健脑乌发的功效，老少兼宜。

绣球凤尾虾

菜品介绍：是一种艺术，也是美食，感叹我们厨师能把艺术与美食结合的如此之好，之妙。

新鲜去壳大虾裹上土豆丝，好吃好看的同时取名"绣球凤尾虾"不尽让人好多遐想。

無肉令人俗

無肉令人瘦

若要不俗又不

瘦 天天笋烧肉

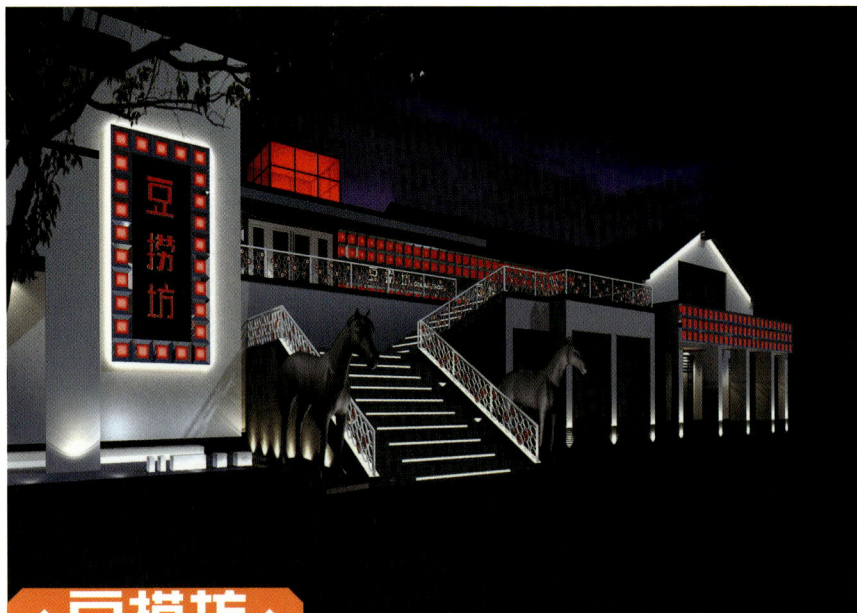

◆豆捞坊◆

　　"豆捞"源自于澳门，由于澳门地处东海暖流区，海产品丰富，澳门人将当地盛产的富饶海产品，变换着多种不同的方式置于锅中涮煮，以求口感变化，久而形成了豆捞火锅这种独特的吃法。"豆捞"一词取自"都捞"的谐音，以"捞"字的口彩寄语发财旺运。意思是不仅捞得锅中的丸，滑，海鲜，更能捞得到财气，运气。

　　豆捞坊（DOLAR SHOP）是上海肥得捞餐饮管理有限公司的标准示范店。上海肥得捞餐饮管理有限公司是一家于2004年在上海注册成立的餐饮管理公司，主要管理者均拥有10年以上的餐饮经营、管理经验或者拥有海外留学背景。豆捞坊秉承"以时尚为荣、以新鲜为荣，以您的光临为荣"的经营理念，继成为上海地区最受欢迎的火锅品牌后，豆捞坊先后在北京、杭州、南京也取得了巨大的成功。目前，豆捞坊在国内的直营店超过20家，被业内誉为国内最具上市实力的餐饮品牌之一。豆捞坊的出现，成功的推动了国内高端、时尚火锅的迅速发展。

　　豆捞坊吸纳了千年传承的饮食经典，除了继承着火锅文化的精华，还增添了美食、美器、美景三位一体的时尚概念。公司在传承中创新，沿着多元一体、整合经典的经营脉络，力求以坚实有力的资本架构、富有效率的资本手段，促成火锅传统和文化的升华，创造出至高境界的火锅精品。

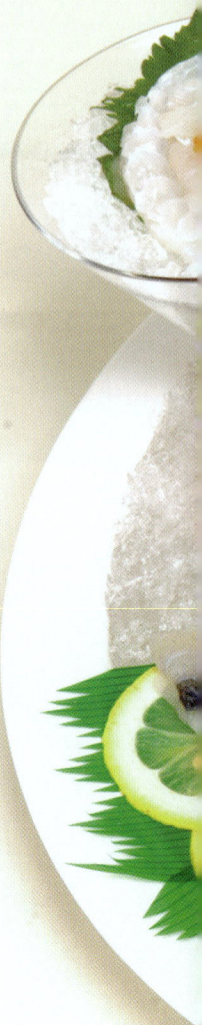

◆源泰东南亚风味餐厅◆

　　"源泰东南亚风味餐厅"是一家东南亚特色风味餐厅，以"源"汁"源"味的泰国菜为主。将泰国的酸、辣、甜及咖喱风味与精致、清淡的粤菜完美结合，菜式组合丰富，色彩艳丽，口味时尚，配以来自原产地的热带水果、原生态的海鲜等食材和辅料，配以地道的烹煮技艺，让每位顾客享受原汁原味的东南亚美味菜肴。还有那热情洋溢的外籍员工即兴演绎富有浓郁东南亚风情的歌舞，源泰海运堤店，是一个可以让您尽情游曳的快乐海洋！您在源泰东南亚风味餐厅能享受到的绝不只是食物和装饰本身，更多的还有来自餐后萦绕不散的欢乐回忆、犹如身处异国的风情。

　　泰风来袭，美味四溢！诱人的美味，健康的饮食新生活，高品质的魅力，还有快乐的回忆，让您无限沉迷！源泰东南亚风味餐厅太仓店，地处太仓市太平南路（过南珠大桥）东面风情水街——海运堤B6栋。

阿娘的金牌虾

我们总是在寻找美食，因为在生活中有太多的美食等待着我们去发现。一次偶然的机会，在当地一位"深藏不露"的老奶奶那里发现了这道菜，耐人寻味，让人惊喜。我们不了解这道菜的名字，但记得有"nian"这个发音，就叫它"阿娘的金牌虾"吧。

冬荫功汤

冬荫功汤是一道泰国名汤，典型的泰国菜，是世界十大名汤之一，在泰语中，"冬荫"指酸辣，"功"即是虾，合起来就是酸辣虾汤了。冬荫功汤是将辅料放入桶煲至出味，而后放入大头虾、鱼露、草菇、花奶、椰汁等一起炖煮，酸辣鲜美开胃。这汤以色泽全红，汤味馥郁可口，辣度十足的为佳。它也是店里"火的发烫"的美味哦。

炭烧猪颈肉

　　猪颈肉400克，将猪颈肉洗净沥干，同腌料拌匀腌制约半小时，将肉放在烧烤架上用炭火慢烤至金黄熟透，取出切成薄片。

咖喱皇炒蟹

　　不经意在大厨的记事本上看到这段话：热一口厚重的锅子，小火把所有的材料煸香，这个过程要慢慢的搅拌，煸炒的时候满屋子香气，很古朴，很神秘的味道。

香草烤羊排

　　东南亚美食对香料的要求是很严谨的，当地老一辈的家庭里都有自己家族代代相传的香料配方，一般不轻易和别人分享。这些配方，就是这道菜独特的秘密啦！

捞起沙律

　　"捞起沙律"很特别的名字吧，其实在"捞起"的同时也蕴藏了"祝福"，不妨试试，真的很灵哦。

锦轩咖啡

锦轩咖啡坐落于风光旖旎的海运堤美食街A04号。

轻柔的音乐浅唱着优雅的小资情调，典雅的装饰烘托宽敞的空间和温馨的氛围，置身其中，你定会感受到锦轩精心营造的和谐与舒适，体验锦轩餐饮为主、休闲并重的经营理念。无论独乐，情侣相约或朋友小聚，都将成为你远离喧嚣、缓解压力的理想之处。锦轩室外即新浏河，凭栏而望，满眼风光，既有现代之秀丽，更具古典之悠远。漫步水岸或于露天餐台品茶聊天，享受人与自然的融合，品味典雅，开阔胸怀。

锦轩美食以广东菜系为主，兼具中西特色。由名师精心制作的各类时尚美食，甜点，咖啡，茶品定会给你留下深刻印象。经营项目：牛扒、中餐、西式商务简餐、茶、咖啡、冷热时尚饮品、甜品等。

锦轩秉承伙伴即家人，客人即朋友的企业文化，关心尊重每一位光临锦轩的朋友，为每一位锦轩的朋友提供高质量的服务，让每一位锦轩的朋友享受美食，感受温情。

农家酸菜自制豆腐

采用新鲜大豆研磨加土鸡蛋自制而成，不添加任何成分。大豆含有丰富的优质蛋白、不饱和脂肪酸、钙及B族维生素，是我国居民每日膳食必备营养健康之品。

鲍鱼焖鸡

鲜美平滑、口感韧脆的鲍鱼，汇合肉质细嫩、滋味鲜美的鸡中翅，再加入色泽鲜亮、浓郁稠密的酱汁，焖于一锅，经充分烹煮，达到"营养均衡、鲜香绵嫩"的完美效果。开盖瞬间犹如超级模特亮相T台，震慑全场，独特滋味让人欲罢不能。

养胃猪肚汤

农家土鸡、红枣、山药、猪肚一起煲汤，含有蛋白质、脂肪、碳水化合物、维生素及钙、磷、铁等，具有补虚损、养脾胃的功效。冬季最佳滋补之品。

海南冰桔茶

橘子是从海南空运过来的，口感清香怡人，经过特别调理，可预防感冒、解酒、益胃美容养颜等功效，太仓仅此一家。

◆ 主厨杨德伟，1997年拜广州花园酒店星级名厨李杰昌先生为师，2001年在广州连锁墨西哥西餐城及中国百强餐饮企业绿茵阁西餐厅任主厨，2007年在广州四星级新珠江大酒店任主厨。2009年在深圳名典咖啡语茶任主厨，秉承万物源于自然的宗旨，坚持将最新鲜最地道的原材料引进厨房，撇去现代化学添加剂，用多年对原材料及食物的理解，将最健康、绿色纯朴原始的自然醇和之味奉献给广大食客。

美国IBP小扒皇

    选用美国最佳种牛及谷物饲养，属于牛肋骨部分，油花分布匀称，口感油润且带嚼劲爽口，声名在外的台塑牛小排即该部位。口感鲜嫩，有极高的营养价值（低胆固醇绿色环保热量大），是不可多得的美食。

美美咖啡

美美咖啡公司旗下的餐饮连锁品牌，主要从事中西餐饮、咖啡产品的生产与连锁经营。

2002年初，美美咖啡正式投入中国大陆咖啡市场，目前全国连锁店已遍布北京、上海、广东、广西、重庆、浙江、江苏、江西、湖南、湖北、辽宁、山东等省、直辖市。公司以其卓越的服务品质、舒适人性的文化氛围、复合式的产品和经营策略，赢得了众多消费者的口碑，也成就了350余家门店、20多个省、直辖市的业绩。

美美咖啡为外资企业，尊贵血统，系出名门，传承主脉咖啡文化，以多年的经验与实力、精湛的咖啡烘焙技术和优质的服务，享誉国内外。美美咖啡运用品牌、人才和资金优势，创造和谐、舒适、优雅的环境，打造经典美味的餐品，向广大消费者提供满意的餐饮和休闲体验。通过直营、加盟连锁扩张战略，做咖啡饮食文化的传播者，极大地丰富了美美咖啡的价值，在中国树立起质量上乘、品味卓越、文化内涵深厚的著名咖啡品牌价值。2005年通过BSI集团ISO9001：2000国际认证，2003-2008连续11届为中国进出口商品交易会（广交会）咖啡供应商，2006-2008连续三届为中国-东盟博览会唯一指定咖啡供应商。

◆ 总厨孙杰，1976年出生，1997—2000年在上海南京西路希尔顿酒店中餐部任厨师，2001年至2003年上海浦东陆家嘴香格里拉西餐部任主管，2004年至2007年在上海波特曼丽嘉酒店任行政副总厨，2008年至2012年在上海陕西南路花园饭店任行政总厨兼餐饮部总监。孙杰从事酒店餐饮业已有十多年，精通多国菜系及各派菜系之精髓，善于研发、敢于创新。现担任太仓海运堤美美咖啡行政总厨兼副总经理。

海南鸡饭

顾名思义是海南省的特色菜品之一。主要食材是选用海南文昌鸡和泰国香米，配制姜泥、秘制酱油、辣酱等三种蘸料，主要烹饪工艺是烫煮。

碳烧澳洲肉眼排

四个字中的菲力，指的是牛里脊肉（beef tenderloin）。在澳洲，这块肉被称为"眼菲力"，在法国和英国被称为filet和fillet，中文音译菲力。菲力牛排就是用一定厚度的牛里脊肉做出的牛排。

台塑牛排

源自宝岛台湾 由知名企业台塑集团所研发。因口味独特，较适合亚洲人口味，故传至内陆。此菜特点：选用一头牛第六至第八对肋骨，经几十种中西香料腌浸2天2夜，再进250℃烤箱烘烤至一个半小时，以此肉质酥软鲜嫩可口。

香煎阿拉斯加深海鳕鱼柳

深海鳕鱼条精选优质深海鱼肉，采用独特的"三浆粉"生产工艺，确保炸制后，内锁鱼肉水分不流失，外裹松软面包屑炸至金黄，肉质鲜嫩可口，还富含对身体有益的蛋白质、DHA、Ω3和多种维生素、矿物质。清甜鲜美的肉质，幼滑香嫩的口感，让人唇齿留香，适合用于小吃、沙拉、卷饼，盖饭等。

走油扣肉套餐

所属浙江菜。口味特点：皮起皱纹、色泽红润，酥烂鲜香，酥而不腻，青菜爽口，最宜下饭。

每日精价
创新招牌是柏茶 22元
小院

◆ 海运堤会所 ◆

情调
海运堤

走读海运堤

宋祖荫

　　假如你今天远道而来，或休闲旅游，或约会老友，或纯粹来透个新鲜空气，好客的太仓人会带你去些地方兜兜看看，顺便侃侃别样的风土人情。这几年，太仓添了许多自然人文景点，前来观光的人流也多起来了。此时此刻，也许你正徜徉异域风情的郑和公园，漫步风景秀美的金仓湖，欣赏着月季园里怒放的"中国玫瑰"……

　　今天到太仓的话，有个地方也许你得去，风情水街·海运堤——太仓城市新名片。套用句流行的广告语，"你值得拥有。"都说太仓枕江临海，海运的便捷，天下商贾的云集，造就了当年的郑和下西洋，与海洋航海相关的遗迹遗址，太仓地下发掘地上发现都有考证。因此太仓人与海洋文化结下了不解的情缘。

　　然而，六百年的兴衰如烟云过眼。太仓因郑和而闻名，郑和是太仓的一份荣耀。满帆高张，圆了多少人的海洋梦。可以说，补给富裕的后方，经济发达的腹地，太仓与整个航运航海密不可分。太仓城南海运仓遗址的重大发现，便是有力的佐证。这个当年最大的屯粮仓址，可谓满足出海远洋物资所需。

　　海运，让太仓几代人记忆历史，穿越时空，也让太仓有了自己的城市特质。然而，聪慧的太仓人善于将历史与现实、传统与时尚有机结合，用海洋文化的理念把当下的时尚休闲经济做得风生水起。

　　海运堤，新浏河风情水街，坐拥太仓城市的轴心，距长江口10余公里。今日太仓人致力打造的餐饮娱乐新领地。它是老城区与科教新城的接壤地，也是太仓休闲旅游的地理坐标，与对岸的树木林立的滨江休闲公园遥相呼应。倚仗河道南岸坚固的石驳大堤，有关部门对这里原有杂乱无章的小码头、煤炭堆场进行"清场式"综合治理，还原有树木草坪相间的自然风光带。中式建筑简约流畅，错落分布，一字排开，凸现曲径通幽之景致。广场上喷泉涌动，小桥下流水潺潺。

我们来到绵延千余米的海运堤上，一位投资开发的老总指着眼前告诉说，这里是建设工程的一期，准备还要向西延伸拓展，以健身休闲为主题，与餐饮美食珠联璧合。经过两年多的开发建设，16幢小楼拔地而起，7万平米绿化环抱堤岸，整个海运堤弥漫着水乡风韵、江南风格和娄城风情。松鹤楼、金诚渔港、豆捞坊、源泰、锦轩（周记）等10余家品牌餐饮竞相登场，为市民端出一道道"饕餮大餐"。国际生活，风尚食界，成为太仓人时尚休闲的首选之地。

　　放眼望去，海运堤似串串璀璨的珍珠，镶嵌在笔直的新浏河南畔，怎不令人心旷神怡。记得承蒙建设单位的厚爱，当时在建造过程中，建设单位集社会智慧，向社会征集风情水街名。作为一个地道的太仓人，对太仓人文有着特别的情愫。我一番苦思冥想，再三斟酌，觉得还是应该突出海洋文化主题。天时，承接海洋文脉；地利，追溯粮仓起源；人和，得起个叫得响的名字，凸显太仓深厚的人文资源。于是，以海运仓遗址地为蓝本的名字激情进出，"海运堤"的名字花落风情水街。

　　海运堤上一路走来，最东端的海运堤会所，是海运堤显赫的商务接待场所，也是太仓对外交流的一个窗口。值得欣慰的是，这里几个餐厅的名字，也是本人出的点子。记得开街前夕，应投资公司一位老总嘱咐，约我给会所的几个接待场所起个名，于是"海阔"、"海蓝"、"海天"、"海纳"等海字系列脱口而出，一是与海运堤的整体风格相呼应，二是充分展示太仓海洋文化的博大精髓。

　　"精致新视野，和谐高品位。"开街那天，海运堤上分外热闹。不仅来了当地政要、商界大腕和旅游界精英人士，还有更多附近的老百姓慕名而来，当舞台上海运堤大门徐徐启幕后，五彩斑斓的烟花腾空而起，映红了人们的张张笑容。"精彩世博，欢乐消费。"主办方当场还揭晓了特色菜肴展评，顿时整个海运堤飘逸着芳香，传递着温馨。

此时此刻，走在风情万千的海运堤上，你一定会流连忘返。粉墙黛瓦的建筑、风光旖旎的树木……你会被这诗意般的水乡美景所陶醉。是啊！阵阵富有节奏的浪涛声传来，仿佛走进一幅绘声绘色的山水画卷。迷恋的不仅是这些，还有很多丰富多彩的活动等待着你：6月的端午美食节，7月的经典冷饮节，8月的七夕相亲节，9月的中秋赏月节……娓娓数来，让你置身于永不谢幕的饮食文化节日。

新太仓、新城市中心。可以想象入夜时分，海运堤更是流光溢彩，美轮美奂。各式轮廓灯、投光灯、LED灯交相辉映，装扮得浪漫温馨，格外迷人。

用现代手法演绎传统园林文化，彰显江南水墨画的建筑特色，成为品牌特色餐饮新聚集地，市民观光、休闲和娱乐的步行街。变遗存为财富，聚人气觅商机，这是项目决策者的投资定位，也是广大消费者心仪的好去处。

海运堤，让我如何读懂你！

太仓——中国江南
一颗冉冉升起的明珠

周菊明

太仓作为中国江尾海头的江南历史文化名城，其位置十分重要突出。如今，太仓已经进入快速发展阶段，十八大的精神激励着太仓正在加快向现代化田园城市迈进的步伐。

精致、和谐、务实、创新是太仓的城市精神。而风情水街·海运堤作为太仓唯一的"中国特色商业街"，其社会影响和效应是非常大的，可以说，海运堤是太仓人民休闲、赏景、尝美食的好去处，也是最佳的选择。因此说风情水街·海运堤是现代化太仓的一张名片，一点也不为过。

海运堤在太仓景色最美、亲水最优、地段最佳，又有海运仓遗址和美丽的牛郎织女传说之历史渊源，充分揭示了其具有的深厚文化底蕴。其分布错落，现代建筑风格特点突出，注重亲水性和文化性，岸线曲直变化，铺装、构筑充满文化气息。如今，海运堤已成为太仓餐饮美食集聚地。因此，我与家人商量后决定利用休息日去海运堤享受一下美食与那里的沿河美景，感受一下海运堤的文化。

来到风情水街·海运堤，我们漫步走在亲水岸线上，放眼望去，一幢幢独体结构的海运堤文化菜馆矗立在新浏河南岸，而北岸是新浏河风光带，如此的南北一水相连，感叹这里风景独好！看那菜馆，充分利用了户外空间，独树一帜，交通流线通畅，尽显现代餐饮文化特色。早已事先知道了海运堤有"中国特色商业街"之称，知道这里以中餐为主，所以我们在一家菜馆大嚼了一餐名厨掌勺的正宗南北家常菜——其实也就是辣子鸡丁、胡萝卜炒肉片、黄瓜炒鸡蛋、糖醋鳊鱼、红烧肉、香菇炒青菜什么的，味道真不错。稍后漫步在堤岸上，亲临了一下两岸水景，当场就决定下次再来海运堤。再次感受二期、三期海运堤的文化。

席间我发现海运堤在服务上利用电子商用平台进行立体化营销推广策略，感到这种方法非常好，足可以使海运堤每期都具有可看、可玩、可消费、可驻足的特色，极大地满足大众的口味，真正做到了"想人所想"的先进理念。

在这里，设计新颖，分布错落的现代化独体餐饮休闲场所都正在太仓大地上为世界上所有的人提供优质的服务，而每当听到美丽的传说、看到海运仓遗址和享用到美味的菜肴后就会更加想念起风情水街·海运堤来。

这不正是"独在娄城，皆为众客，每闻佳肴，倍念街堤"的真实写照吗？

◆ 海运堤木结构长廊

家在海运堤

江之南

　　手里摩挲着黑色铸铁的扶栏凭栏望去，平静微澜的娄江自西而来，向东而去，在十多公里外与长江交汇。一江娄水流到这里，仿佛步调也悠闲了下来，缓缓悠悠的漾着，倒影着两旁的花丛树影、灯红酒绿，赶集似地迈不离步了。这儿就是我的新家——海运堤。

　　当然，家不在堤上。只是因为近，因为喜欢，所以蹭了这个名儿。在我看来，这一路之隔的春华与秋实，繁华与幽静，似乎就是我的花园，日日相看不厌。

　　刚来的时候是秋天，招待一位远道而来的客人，时间尚有富余，我们沿着河岸走。两旁转黄的高大的银杏知趣儿似地向我们抛洒着金叶，轻风忽而卷起又落下，踩在上面发出轻微的莎莎声，心情甚是轻松愉快。沿着河边宽而长的栈道徐徐前行，精巧别致的花园和清新高雅的楼房在身旁层层次次的铺展开来，在这些别具特色的小楼里面，便是汇集了各路美食和休闲娱乐的海运堤的"精髓"了。

　　后来我便有太多的机会品味这里的精髓了。中华老字号的姑苏美食、海派的豆捞火锅、东南亚的咖喱飞饼、本土原味的农家菜、精致入味的西点咖啡以及我最喜欢的太仓本地特色"江海河鲜"与"羊肉美食"，一应俱全。坐在明亮辉煌的店堂里宴请亲朋；在温馨柔和的包厢内与孩子嬉戏；在幽谧柔美的烛火前倾心交谈……不一样的美食主题带来了不一样的情调心境，在一年 365 个日子里，贴合着不一样的心潮情意，丝丝入生活，相谋相合，两相得宜。所以我说，家在海运堤。从高楼公寓的窗口北望，海运堤的四季变换、灯火纷繁是从不谢幕的风景。从这里，望见皇帝粮仓"娄东"的人间烟火，望见娄水奔流汇入长江的执着，也望见了海运堤的前世今生，不曾不能不会沉寂的人来客往。

　　海运堤——中国特色商业街。位于太仓娄江南岸，其得名于太仓历史上最大的皇帝粮仓——屯粮百万石的海运仓，并建址于其原址上。今日海运堤，以美食休闲娱乐为特色，承历史文脉，展繁华新景。

　　欢迎来我家做客。

一座城 一条街

介三

很多时候，如果一个人踏上一片陌生的土地，走进一座陌生的小城，都会本能地在某一安静的片刻，自顾自地用脚步去丈量和寻找这个城市中所感兴趣的影子，期以和自己印象中的某些支离破碎的片刻进行拼凑，进而从心底为自己找一个喜欢上它的理由。

这也是我走过海运堤时的想法，海运堤有水，那是新浏河，过去的浏河应该叫娄江吧！孕育这座城市文化灵魂的水脉，竟然不似想象中那般壮阔，但流淌的肯定有岁月的不老传奇。但凡只要和水挂上钩的地方，都是灵动的，从街头到巷尾，城市的灯光硬是将水脉映射得光怪陆离。

来海运堤的食客或有匆匆果腹，或有静心对饮，但无论哪种方式？哪种心情？都会融入这夜色，只是不知熙熙食客大快朵颐之时，是否有"坐花载月、风流宛在"的心境和风情。朋友告知，海运堤恰恰就是冠以"风情水街"的名号，据《避暑录话》载："公（欧阳修）每于暑时，辄凌晨携客往游，遣人走邵伯湖，取荷花千余朵，以画盆分插百许盆，与客相间。酒行，即遣妓取一花传客，以次摘其叶，尽处则饮酒，往往侵夜载月而归。"大致意思是，欧阳太守在夏夜经常玩的游戏是以摘取荷花花瓣为行酒令，到谁手上花瓣摘尽了，谁就喝酒。现在看来，今人的"感情深、一口闷"实在抵不上古人之风雅和情趣。但是幸好，有这灵动的水和风情的夜，想想，酒也就觉得更醇了。

正如近年来流行的网络语一样：哥抽的不是烟，是寂寞。或许在海运堤，喝的不仅仅是酒，更有这座江南小城的风情。

我在这里品过味

董昇

海运堤地处太仓南郊城南（俗称南码头），古代这里是各类物资的集散地，通江达海的交通要道。海运仓的建立促成了这里的繁荣和辉煌。我们能想象到当时这里廒廪栉比、桅樯如林、蔚为壮观。

我无法捕捉这里的历史，无法还原重现当时的原汁原味，却能回味这里我的"昨天生活"。六十年代初（初中时期），我在这里学过泳，经常呛水，腥风泥味，满嘴又苦又涩。六十年代末（插队时期），我在这里罱过泥，摇橹撑篙，枯燥乏味，满身又酸又痛。回乡或返城时，我在这里摆过渡，风浪中摇晃，提心吊胆，心里七上八下……一日又一日，一年复一年，重复着"昨天"的故事。

如今这里的海运堤已建成中国特色商业街。新浏河北岸是花红柳绿、草坪如茵的风光带，新浏河南岸是曲径通幽、亲水栈道的美食街。海运堤分三期打造。一期以特色中餐为主，运营三年多来，人气旺盛。应同学、同事、朋友之邀，我曾在这里喝过"双凤孟家羊肉会所"的肥羊汤、尝过"松鹤楼"的苏帮菜及"鑫鑫海鲜城"的江海河三鲜，味道鲜美，回味无穷。

海运堤二期项目已经开建，三期工程也将规划。二期项目致力于打造精致、闲适、亲水的特色文化休闲街区。以后我们可以在这里的餐厅、咖吧品菜、品茶、品咖啡，我们可以在这里的泳池畅游，在游艇码头坐船赏河景……海运堤让您抛开生活中的酸甜苦辣，尽情品味这里的一切。

前几次去海运堤聚餐，都是别人买的单，当时只顾着新奇，顾着客气，没有真正品过瘾。舌尖会生津，我总想再来这里——我熟悉的一片天地。

品味就是品质，品味就是体验。有生之年，我还要经常来这里品味。

恋上海运堤

张年亮

风景正好
娄江从姑苏的娄门满腹心事　一路私奔
在这里洗尽铅华　清秀转身
舒舒闲闲地改名为浏河塘　蜿蜒东去
宛如小家碧玉
六国码头的繁华和喧嚣渐行渐远
淡定成一串漩涡　几簇浪花　数痕波纹
海运仓的旧址蕴藉深沉
幻化成了潘多拉的宝盒
一幕幕风光水起风生

空气正好
风从海上来　风从江上来　风从河上来
咸淡适宜
在这里百转千回
低到尘埃
绕颈穿胸　温润和顺　噫吁快哉
海运堤就是太仓最为敏感和香甜的舌尖
各种滋味在空气中争宠邀功

各种食材汇聚成八大菜系
在这里就可以尝尽中国

阳光正好
这是宜居小城的南郊
歆享着梦里水乡最为丰沛的日照
阳光慵懒地逡巡于回廊和曲桥
有一束斜挂在镂花的木窗
有几缕追逐着浏河塘的细浪
酥软的感觉　让你的味蕾　喉管　丹田……
都丝丝发痒

心情正好
宜酒　宜茶　宜咖啡
且歌　且舞　且静坐
可以独酌　细品　豪饮
可以聚餐　约会　闲聊
海运堤就是无花的桃源　空泊的港湾
让你的人生飘满落花　看尽归帆

海运堤小调

刘春华

这是一方神奇的天地
海揽着她
江托着她
河轻轻的、缓缓的奏着舒心的曲子
我在秋天的午后拥抱了她
拥抱她的绿色
她的经典
她的雍容与现代
她的绝世和从容
风韵着细细的雨
空气里带着甜甜的花香与
美食香
如鸟般的船，消失在海天边际

曾经是一片荒凉的土地
人们路过她，怎么也记不起她

她如此安静的躺在那
与江滩寂寞着她的寂寞的日子
芦苇在这里肆意的生长
还有不知名的许多小鸟和
许多螃蟹
江南泥土委婉缠绵
彩鸟吟弄风月
却只叹空负平生，生不逢时

如今，她一夜醒来
在黎明时分被太阳的热情烤热
被智慧的手打磨成
华贵的璀璨的珍珠
她青春的韶光流溢着不安分的躁动
景观长廊、公园、草地、雕塑
粉墙黛瓦的建筑、风光旖旎的树木

◆ 海运堤仿古单孔桥

替代了过去的面貌
就像有人给龙点上了睛
给梦添上了羽翼
给诗加了韵脚

诗意般的水乡都市
都市里的诗画田园
历史的厚重与现实的繁华
传统的承载和时尚的演绎
轻轻地叩开那扇门
于灯光的奢华中
闲雅于古藤桌前
用小桥流水，冲一杯清茶
品一段郑和传奇
读几行娄东文字
听一曲土生土长的昆曲
将一份烦躁融于典雅的锅庄

将一缕乡愁渗入海鲜的美味里
于是，灵魂或深沉凝练，或轻舞飞扬
或洒脱醉意
里面尽是幸福的味道

秋天，我被一个叫海运堤的名字打动
被风情水街的模样诱惑和俘虏
我吮吸它柔和纯净的空气
揣摩她庄重谨严的心事
叹服她LED灯的隔世离空
它比我的诗歌还要温馨与浪漫
比我的散文还要凝炼和甘醇
比我的小说还要古朴与国际

我希望与她结一辈子的缘
每天
揽一缕海风，品一道三鲜美食

舌尖上的海运堤

陈启洪

吃，不仅是一种舌尖上的享受，更是一种情怀，一种记忆，一种文化。美食，人人都爱，作为一个"吃货"，和大家一起分享一下海运堤美食体验，一道道美味佳肴，感受凝结在美食中特有的内涵，自然是一番享受。

海运堤，作为中国特色商业街，太仓风情水街，是集高档餐饮、时尚休闲为主的商业步行街。在目前入驻的十几家主题餐饮中，有莆鑫海鲜城、稳得福大酒店两家"中华餐饮名店"以及主打苏州本帮菜的"松鹤楼"、东南亚餐厅"源泰"、特色火锅"豆捞坊"、金色湖水土菜馆、双凤羊肉美食餐饮连锁店-孟家羊肉馆等特色餐饮企业。

作为一个吃遍整条街上的食客，美食，真的是一种沉淀下来的快乐体验，它教会我们去品味生活中的色、香、味，带给我们超越美食的思考。每个城市都有属于他自己的味道，海运堤上的美食具有深厚的太仓文化底蕴，作为"江海河"三鲜美食之乡和羊肉美食之乡，同时又可以包容更多的不同派系的美食，如今，想要品尝多样化的美食，大家就会想到去海运堤。

如果你想品尝太仓特色的江海河三鲜，你可以走进莆鑫海鲜城、稳得福大酒店、小地方大酒店，厨师充分利用"江海河"三鲜作为烹饪主材，在继承传统烹饪技法的同时，创新开发了各种新的"江海河"三鲜菜品和宴席，特色菜肴有鱼翅捞饭、银鱼干蒸五花肉、厦门海蛎煎、石锅黄瓜青、木瓜炖雪蛤、家乡金钱糕、海鳗干烧肉、白汁河豚、海鲜面等；如果你想吃正宗的太仓特色羊肉美食，这里老字号孟家羊肉馆的全羊宴一定会是你不错的选择；如果你想体验异国风情，你可以选择去源泰东南亚风味餐厅，吃吃咖喱皇炒蟹、炭烧猪颈肉、浓汤燕麦小鲍鱼、牛油蒜茸焗对虾、马来咖喱牛腩、泰式砂锅翅等，感受一下泰国的酸、辣、甜及咖喱风味与精致，还有特色印度飞饼、印度拉茶、鲜榨芒果汁；如果你有一群朋友，你可以选择到豆捞坊店聚聚餐，来吃火锅，这里特色小火锅实惠又好吃；如果你想吃甜甜淡淡的苏帮菜，那么老字号松鹤楼一定是你最佳的选择；如果你想吃吃西餐，这里有美美咖啡、锦轩咖啡，一些休闲特色的产品足以让你在这坐上一下午。

海运堤除了美味之外，同样的，这里环境优美，新浏河两岸的风光与粉墙黛瓦的建筑、绿形婆娑的树木、匆匆而过的船只无不弥漫着水乡风韵和娄城风情。当你用餐时，享受这里美食时，探出窗外，深呼吸一口气，心情自然舒畅，特别是入夜时分，阵阵富有节奏的音乐和五彩缤纷的灯光，你会被这里的美景所陶醉，美食也成为一种境界了。

太仓海运堤风情水街，是一个美食休闲的首选之地，这里的特色美食都体现在我们日常口味中，让我们一起来体验这舌尖上的海运堤美食。

◆ 海运堤水榭平台

在这里，
视觉与味蕾共舞

杜曦

　　常常有异地的朋友千里迢迢地来看我。我总把接待他们的首站放在海运堤，因为这是值得向朋友们亮出的太仓第一名片。

　　靠近海运堤，似乎已经嗅到清新湿润的气息。目光所及，一幅亲水美景徐徐展开，河水悠悠，波光粼粼，一艘或几艘货船缓缓驶过，划破水面，仿佛也搅动了空气和思绪。两岸佳景引人入胜，亲水栈道、疏朗草坪、婆娑绿树、灯光喷泉、景观廊架……林林总总，不胜枚举。诗画般的元素，造就的是绝版的水滨，精髓的人文。最让人醉心的——弯弯卵石小径、闲适靠背长椅、木质亲水平台。或漫步闲聊，一路走去，收集阳光下轻盈的脚步和岁月的投影；或置身靠椅，坐拥一片天光水色，享受一种别样的心情；或临河倚栏，看新浏河汩汩不息，带走岁月，也让人洗涤疲惫，让月亮忘记圆缺。

　　当然，所有这些美景，只是盛宴佳肴的衬托和背景，海运堤的精粹在于美食云集。苏帮菜、粤菜、鲁菜、甚至泰国菜、咖啡、火锅、羊肉面……只有想不到，没有找不到。随便挑家饭店坐下来，窗外是流动的风景，盘中是心仪的美食，还有什么比这更惬意的享受呢！更何况，还有牛郎织女的传说、万国码头的盛景作为餐桌上最丰富的谈资。当人文、历史、景致成为最佳佐餐，朋友们似乎能感受到视觉与味蕾在一起翩翩起舞。

　　最中意海运堤的夜晚，五光十色的彩灯勾勒出河岸的风姿，与水中的光影相呼应、相辉映，让人沉迷、留恋。河风扑面，隐隐约约飘来几缕乐声，伴着星光，几乎可以忘了身在何处，今夕何夕。远方的朋友常说：还会再来太仓，只是因为想多看几次海运堤。

有缘海运堤

周鼎贤

　　风情水街海运堤，太仓一张靓丽的城市名片。漫步于风情水街海运堤，沿河美景精致幽雅，美不胜收。小桥流水，花园长廊，绿草如茵，花团锦簇，移步换景，让人流连忘返。别墅式的菜馆，错落有致，江河海三鲜，美食佳肴，吸引游客品尝，客人满座，生意火红。这就是太仓唯一中国特色商业街——风情水街海运堤。

　　记得去年春季，曾有朋友介绍说，太仓风情水街海运堤是休闲观光，餐饮娱乐为一体的好去处，大家不妨去感受一下。说者随意，听着有心。于是当我站在浏河塘畔的南珠大桥上，向东眺望，粉墙黛瓦的建筑，绿形婆娑的树木，无不弥漫着水乡的风情，眼前豁然开朗。走一走千米之长的海运堤，看一看老字号名店，各地名菜，应有尽有，果然名不虚传。从此，海运堤三个字深深地记在我心中。

　　俗话说，男婚女嫁。儿子上大学毕业后，工作在娄城，接下来的事找对象，成家立业，这是做父母所盼望的。端午节到了，儿子对我说，女朋友找到了，大家都有好感，请父母找个地方见见面。消息传来，喜出望外。我不假思索就选定在海运堤。那天下午，海运堤刚下过一场小雨，景色格外迷人。入夜时分，我们相聚在稳得福酒店，儿子相亲稳得福好口彩。酒店环境宁静，豪华气派。小姑娘长得亭亭玉立，端庄大方，彬彬有礼，令人喜上眉梢。上酒点菜，好好款待，谈笑风生，其乐融融。

　　国庆节到了，我们再次相聚海运堤，这次聚会我邀请了双方的家人，选择怎样的酒店要有讲究。儿子有了对象，新生活从此开始，离不开一个新字，以后他们是小俩口，不能忘记海运堤这个相聚约会的地方，就选新小地方酒店。酒店宴会厅，灯火辉煌，大家围桌而座，举杯祝福，共庆秦晋之好。宴席完毕，我走出酒店，心情特别舒畅。望着流光溢彩，浪漫温馨的海运堤，心中就有一个心愿，将来儿子的新家就安居在海运堤边上的太和丽都，让他们以海运堤为伴，我相信海运堤会给我们家庭带来好福气。

逝者如斯夫，
依旧海运堤

老方

　　海运堤，位于太仓市城南（俗称南码头），新浏河塘南，是太仓原有城区空间拓展与商业功能的延伸。因坐落于海运仓遗址之处，故名之为"海运堤"。

　　太仓之名，肇始于战国春申君置粮仓与此。自此，太仓几经波折而从未失繁华。"春城连海亘虹霓，雉堞桓桓补甃泥"极言了太仓城建的恢弘壮阔；而"千旗影逐流云动，万杵声高落日低"则是元代金戈铁马、气势如虹的海上写照。

　　郑和七下西洋的壮举，更是将太仓江尾海头、运达天下的地位凸显无疑。然，"永乐十二年，会通河成，罢海运，仓废"，至此，太仓贮浙江、南直隶各处粮至数百万石，呼百万仓的历史一去不返。太仓收起它独步江海的气魄，伴随着江南的和风细雨中与光阴流逝，凝视着世事的变迁与荣辱的交替。海运仓，在完成历史使命之后，悄然隐去，归为凡尘，归于现实。

　　如今，海运仓，在历经数百年的积淀之后，重振盛况。万桨激流化作碧波清漾，少却刚强更添一份柔情；仓粟满溢都作似锦繁花，铅华洗尽不失娄东古韵。如今，作为海运仓遗址保护、开发和利用的项目之一，海运堤以其独有的亲水文化、商旅文化与历史底蕴的融合模式，正成为地方古迹保护、文化传承与商业运作的典范。

　　房宇楼阁依河而建，错落有致；古木绿兰随心点缀，恰似无意。货船在新浏河中缓缓驶过，华灯溢彩，商船无语，过往未来在此融合。

　　光阴以其不息的流逝与重复将一个故事炼为传说。这传说有怎样艰辛的历程，世间大可忽略不计与无法遗忘。

宁静港湾——海运堤

陈平

留恋过厦门江南水街的风情，留恋过苏州李公堤的繁华。年龄的增长，工作生活压力步步紧逼，夜晚降临后，摆脱了白天喧闹的工作，希望安静下来，心沉下来，找个地方走走，只想要一个空间，一段时间，或者点杯咖啡，或者点根香烟，一个宁静的环境，私密的空间，洗去白天工作的烦恼，生活的压力，就是简简单单的想走走，想看看。为昨天，为现在，为未来。

普通的夜晚，江南的夏天，即使到了傍晚，依然非常炎热，除了躲在空调中，没有丝毫期望；朋友反复电话的催促，不得不前往赴宴。在烦躁之间，车子驶入新浏河大桥，大桥下来右转，眼前一亮，仿佛进入了另外一个世界。

幽静隐约的蓝白色灯光，坐落有致的树木和江南风格的房屋，疑惑是否到达了苏州的李公堤。心情大好，赶快停车，打开车门，迫不及待的去感知这里。埋怨自己白天为何从没去关注过这样一个地方，漫步前往饭局，沿途依旧炎热，但偶尔河边吹来的习习微风，像双娇嫩的小手拉着你前行。

片刻过后，落座于饭局包厢中，惊喜的发现，身处在河边，美景入眼，偶尔能听到货轮驶过带来的阵阵汽笛声。饭局简单随意，话不多，只顾欣赏美景。忽然发现，包厢门竟然可以打开，走上外面阳台，端上一杯凉饮，远眺对面的滨江公园，只顾一个人静静的发呆。

我在寻找的不就是这样幽静的环境，凝固的空间，可以与自己心灵的沟通。简单直面自己的问题，给出简单直接的答案。每天面对的高楼大厦，拥挤的人群。多么希望可以找个安静的地方可以静静的思考，惊喜的发现这个地方其实就在身边,询问朋友方才得知——海运堤。

海运堤，我还要再来！因为，你就是我寻找的宁静港湾！